贾梦雨

著

时间剪影

中国书籍出版社
China Book Press

图书在版编目（CIP）数据

时间剪影 / 贾梦雨著. — 北京：中国书籍出版社，2019.10

ISBN 978-7-5068-7485-4

Ⅰ.①时… Ⅱ.①贾… Ⅲ.①散文集－中国－当代 Ⅳ.①I267

中国版本图书馆 CIP 数据核字（2019）第 234282 号

时间剪影

贾梦雨　著

图书策划	成晓春　崔付建
责任编辑	邹　浩
责任印制	孙马飞　马　芝
出版发行	中国书籍出版社
地　　址	北京市丰台区三路居路 97 号（邮编：100073）
电　　话	（010）52257143（总编室）（010）52257140（发行部）
电子邮箱	eo@chinabp.com.cn
经　　销	全国新华书店
印　　刷	三河市华东印刷有限公司
开　　本	650 毫米 × 940 毫米　1/16
字　　数	190 千字
印　　张	15
版　　次	2019 年 10 月第 1 版　2020 年 1 月第 1 次印刷
书　　号	ISBN 978-7-5068-7485-4
定　　价	65.00 元

版权所有　翻印必究

自序

我喜欢一个人静静地待着，什么都不想，或者什么都想，这便有了一些苍白空虚或者多愁善感。在一个大时代中，"小我"往往显得弥足珍贵。我的坚强与脆弱、洒脱与琐屑、乐天与悲悯，何尝不是很多人的生命过往？这样想起来，我多么希望能和亲爱的读者同病相怜，倒上一杯酒：来，我们一起干了这一杯！

这些年来，我在多重身份之间分裂着、挣扎着，焦虑感时时折磨着身心。我一次次痛苦地检讨自己，生怕辜负了什么，于是便有了"岁月苔痕"中的一些文章。我好像在无意间找到了一个"知音"，那就是"世间冷暖"中的"小人物"。他们往往都饱尝生活的各种滋味，但又默默地迎接每一个日出，无奈之中仿佛拥有一个自足的世界。这样观照自己的时候，我感觉了一种润物无声的滋养。我想，我的焦虑，何尝不是一种张力呢。它紧紧地缠绕着我，又体贴地释放着我。这样，当我走向内心或者外面的世界，便拥有了一份从容。

  这是一个富有生机又泥沙俱下的网络时代，也是一个价值聚合又分裂的多元化时代。身处这样的大潮流之中，多少人兴奋莫名又慌不择路。"风尚读解"和"流年品味"中的文章，相对来说，往往经过了时间的沉淀。我或者流连于当下，或者沉潜于过去，试图拨开云雾，淘洗过眼烟云的东西，挖掘永恒本质的东西，有时娓娓道来，有时慷慨激昂。哪怕是沦为某种呓语，也希望能够提供一个角度，一种姿态。我深知，这样的努力，或许会徒劳无功。然而，我相信冥冥之中一点微弱的星光。

  如今，散文的边界模糊不清，很多人都在一哄而上。我倒是觉得，付诸文字的东西，还是要讲究一些，如果陷入人云亦云、浮光掠影，那就失去了文章的本心。文字的意义，还是要经受得住时间的考验，不负光阴，不负流年。在挑选这些文章的时候，我常常心生惶恐，一时间颇多感慨，多少人，多少事，多少热点，多少事件，如今都成了过眼烟云。时间是一把残忍的剪刀，这一幅幅剪影，碎片一般抛洒在风中。我仿佛指点江山，显得多么不自量力。不过，无论如何，我总是葆有一份真诚与善意。

  时间过得真快，转眼又是一年。整理情绪挑选这些文章，真是恍若隔世，不知今夕何夕。这些年在报社混饭碗，经常疲于奔命。如今再看看这些文章，不少都是短平快、急就章，当年火急火燎的样子仿佛就在眼前。"文化杂弹"中的文章显然带着"时间"的局限性，难免有眼高手低之嫌，但为了"记忆"，还是保留了原汁原味。一份剪影，模模糊糊的，但拨开一层轻纱，依稀可见这些年来的文化点滴。纷纷扰扰、是是非非，自己也算是不揣陋见，但愿不负职业所托，权且留下一份粗浅的记录吧。

特别要感谢报社副刊主编薛颖旦，这些文章大多是在她一面留着版面，一面"催命鬼"般督促之下写成的，而且都经过她的精心修改。懒散拖拉的我当时常常牢骚满腹，如今回头看，这些显得多么温暖可贵。也要感谢我的搭档副刊编辑王蕾，她常常从专业角度，给我提供文字和理念上的各种考量。这本选集，她更是从书名到栏目、标题、内容都提出了很好的建议，可谓不遗余力、一丝不苟。当然，由于我的才疏学浅，选集中还有很多不足之处，有些可能贻笑大方，敬请读者批评指正。

于南京龙江石头城
2018.12.6

目录

岁月苔痕

秋声 / 002

故乡 / 007

古道行 / 016

泸沽湖边 / 023

听风听雨 / 030

冬泳 / 032

寻找"小雪" / 038

点滴生活 / 041

家乡的滋味 / 044

真正的自己 / 047

童年 / 050

那些微贱的小伙伴 / 053

哪一个身影，就是当年的自己呢 / 062

居无定所 / 065

世间冷暖

钟点工陈阿姨 / 070
糖粥藕"蓝老大" / 073
"鱼老大"王五 / 076
"文化人"老刘 / 079
康复师"妈妈" / 083
"爱说谎"的志愿者 / 086
"赖"在苏州的洋老头 / 089
走村串户的"王先生" / 095
"长生不老"的老八太 / 099
打工诗人穿上吊带裙 / 106
评弹艺人今天"跑码头" / 109
用30年时间雕刻人生 / 113
给自己酿一杯葡萄酒 / 117
把人间冷暖摄进镜头 / 121

文化杂弹

《我是范雨素》,一个真实的社会学文本 / 130
中国人的吉尼斯情结 / 133
人人争晒"A4腰"的背后 / 136
《牡丹亭》能万人齐唱吗 / 139
挑战底线,恶搞就成了亵渎 / 142

流年品味

600 年古村落的文化自救 / 146

泛黄的婚书也是历史书 / 153

风景旧曾谙,能不忆江南 / 156

怀旧:重构过去,面向未来 / 162

人与狗,互动观照中惺惺相惜 / 168

名家笔下的天南地北 / 174

文明的危机来自自身 / 179

伪劣励志书,一碗毒鸡汤 / 183

虚拟世界的文化寻根 / 189

找个地方发发呆 / 192

房产广告,消费主义的"宣言" / 195

风尚读解

我们为什么失去了感觉 / 202

追逐有用,更要追求"无用" / 205

用什么支撑我们的精神大厦 / 209

"小大人"与"老小孩" / 213

给心灵留一份诗意 / 216

女神男神,消费社会的欲望化符号 / 219

网络段子,文化快餐难登大雅之堂 / 222

石头城下(代跋) / 226

岁月苔痕

秋声

南京的秋天似乎更加沾染了伤感的气息，对这样一个饱经沧桑的城市来说，秋天或许是最协调的风景。时间不知不觉就到了九十月间，疲乏找上身来，这就是秋天的脚步了。当遍布大街小巷的法桐、银杏开始掉下第一片叶子，秋的影子若隐若现，紫金山、玄武湖的一草一木尽管还是喧闹，但谁都能看出背影上悄悄划过的一份失意。秋天成了这个城市最让人回味的季节，它伴随着纠缠不清的尘世之缘一点一点走过来。生活就是这样平平淡淡，好像什么还没着落，一年的光阴就要画上句号。秋天是巷口的一缕烟尘，是女孩身上的一件坎肩，是秦淮河边一对老年人的牵手，是我们心底里的一声叹息。

这几年，我寄居在安谧的北京西路颐和小区，这是旧都的公馆区，现在倒似乎成了滚滚红尘中一处宁静的出世之所，一座座造型各异的小别墅隐藏在庭院深深之中，曾经的风华绝代、曾经的纵

时间剪影

横捭阖都已经在短暂的历史中化作尘烟。在那些曲径通幽的小路上散步，细细品味一棵树、一朵花的韵致，人世间的纠缠便一点一点消逝。当一点点神秘的光从那些树和花的缝隙间透出的时候，秋天便是最好的注脚，那些陈年往事便沾染了秋的气息忧郁地拂过脸颊。我居住的这幢小别墅早已显得破旧，它的旧主人远没有周围的邻居们声名显赫，甚至无从考证，这吻合我的心理期待。偌大的院子里，竟然搭建了几栋简易的违章平房，生活着几户贫民，他们做着钟点工、电工或者卖菜工之类的事情养家糊口，正是他们时时把浓浓的生活气息一股脑地传递给我麻木的神经。几个小媳妇常常在我早晨的睡梦中扯着嗓子闲谈着家长里短和生计大事，当那些谈话声尖利而压抑地穿过窗户钻进我耳朵的时候，秋天来临了，这个时候，她们对自然的感应更加敏锐。

　　我工作在繁华的新街口管家桥，那是一条狭窄的街道，却荟萃了都市的风华，我常常坐在写字楼巨大的落地窗户旁，俯视那一条细细的单行马路如飘带般把总是簇拥在一起的小汽车迎来送往。记得夏天的时候，城市的喧嚣弥漫在每一个角落，那些狰狞的面孔扭曲着、张扬着，如今仿佛一切都变得遥远，铺天盖地的楼宇屋舍的轮廓已变得清晰，那是秋的身影。几年来，我总是一刻不停地敲着电脑编发着这个城市甚至世界各地各个角落的所谓新闻，忙碌着又百无聊赖，这些总是清楚地告诉我，我始终走在一条与我毫无关系的狭窄小道上无法逃离，这样的状况总是如梦魇般折磨着我。我佩服我的同事们，他们不时显示着兴奋的神情谈笑着，在拥挤的写字间的压迫下，大家的心情却能找到突破口。不过，在这秋的背影里，一丝失落会在大家的脸上总是若隐若现，对这些困守在写字楼里的人们来说，大自然虽然遥远，但时间一定是实实在在的叮咛。

这个时候，台城烟柳飘逸深沉，秦淮河水清凌苍白，灵谷寺桂花的暗香和栖霞山红叶的清丽静静叩击脆弱的心田，关于夏天的浮华旧影已经遁入记忆里。一年的时间已经不多了，一段牵强的爱情还没有着落，一项宏伟的蓝图才有了雏形。悄悄回眸匆匆的时光，那些无法释怀的旧事重新在心的页码中编辑，我似乎在重复着这么多年来杂乱无章的轨迹，所谓的庸人自扰与自我解脱在我的秋天里越发冲突起来，日记里也充斥了秋的气息。

这几天经常和一个女孩子泡在茶馆里，只是默默地陪着她看书，在她累着的时候说说话。女孩心灵单纯，但经历了不少的人生曲折，便有了太多的人生感悟，听她幽幽地说话，寂静的茶馆里充斥着秋天的气息，这也契合我的心境。感情是属于宿命的，我们都不抱太多的希望，正如这样的一个秋天，我们或许都消逝了朝气和激情，我或许从来也没体验过致命的情感之旅，这个秋天反而给了我超然的机会，让我仔细盘点生命中的点点滴滴。然而，在我劝说自己的所有解释中，那些关于缘分、感觉的概念总是牵扯着我的心灵，我这么多年来固守着走在凄清的路上，但我还知道，感情又是具体的、错乱的，我们常常需要随遇而安。这些年，在走马灯般的交往中，我像没头的苍蝇一样仓皇，我固守着我的善意，只为一丝对自己的慰藉，可如今，我何处皈依？

回到凌乱不堪的房间，真想好好收拾一下那些杂七杂八的书籍连同混乱的思维。记得春天的时候就坚定地下过决心，要为自己制订一份读写计划，要把这么多年的轨迹梳理一遍，尤其要杀出一条血路来，认真交付自己的生命答卷。我幻想着成就感，告诫自己要放弃什么，坚持什么。然而，每一次从压抑庸碌中抽身回到自己的房间，那种涣散和空虚总是如影随形，只能一次次地责怪自己，一

时间剪影

次次地原谅自己，转眼间，所有的时光都丢弃在荒芜中，生命的消耗化为沉重的痛苦堆积在心上。尤其是在这段时间里，我甚至常常会想起自己的青少年时代，搜出一大堆旧的日记本，凭吊那些生命中被荒废的珍贵岁月。在秋的背影里，惶恐地扭头看看走过的路，那些过去的日子该如何储藏，未来的日子该怎样面对？

坐在寂寞的书桌前常常是最有感觉的时候，当我翻看一本书，写上一段文字的时候，常常觉得是一种救赎。今天，看着窗外飘过的落叶，聆听秋的呻吟，我突然间心乱如麻，干脆邀上一个同样落魄的朋友骑着单车满城打转。在我的印象里，那些粉墙黛瓦的小巷，那些烟火鼎盛的街市，一定都烙上了秋天的影子，那些属于过去的岁月，将在秋的梳理下显出本来的面目。我的破车碾过桃叶渡、乌衣巷、金沙井、评事街。或许是为了某种感应，或许是为了一份寄托，我需要在这种漫无目标中找寻一份闲情逸致，这样的情结属于秋天。我多么希望能置身事外，没有尘世之缘，只管怯怯地打量秋的世界，倾听秋的气息。在这秋的背影里，秦淮河边一对老年人手牵着手惺惺相惜，有一份寥落，有一份执着。那一刻，我一遍遍地搜寻那些生命中每一个让我伤感的瞬间，我感激这个让我倾注了爱与恨的世界。

父母从老家过来小住，上次见面的时候还是春天，转眼已是秋天了，看见他们日渐苍老，我的心情一时间显得荒凉。对老人来说，秋天可能是最可怕的季节，能和儿子住上几天是最好的安慰。父母珍惜这段短暂的时间，变着法子照顾我，其实能做的也就是做做饭、洗洗衣服、收拾房间什么的。常常是碗里的饭还没吃完就抢着盛，衣服还没脏就捡着洗好叠好。我一到家他们就是问寒问暖，还会忙不迭地泡上一杯茶，递上一个削好皮的水果。我知道，这些其实都是他们自己的需要，对我来说是南辕北辙，我的世界他们无法理解，但我总是装得很享受、很心安理得的样子，还常常漫不经心地和他们寻些开心，这成了对他们最好的报答。或许是因为已经习惯了独处的日子，或许是因为我和父母的距离实在太遥远，相聚的日子，我的心情越发孤寂，神经也变得脆弱。在这样的秋天，父母其实是把生活中最琐屑的东西硬生生地塞给我，这与我的心灵形成了极大的反差，让我时时体验了说不清的尴尬。送走父母的那天早晨，我走在落叶缤纷的小巷中，萧萧秋风不时刮起一缕缕烟尘，看芸芸众生或忙碌或休闲的身影，父母无助依恋的神情出现在眼前，心里一时间不知有多少沧桑。

当江南的烟雨淅沥沥地飘洒在大地，当落拓的心情懒洋洋地丢弃在案前，秋的气息已经萦绕在心灵和空间的每一个角落。我似乎没有走过春天的缠绵与夏天的激情，秋天或许是我最好的安身之所，所有的寂寞中有一份纠缠不清的思绪，我干脆不去理清，我害怕那种清晰的感觉，我需要那种混沌来保护我的灵魂。当我一个人深夜坐在窗前，思绪已经挣脱了总是浸注着欲望的身体飞向远方，在秋的夜空中洗涤成一份清凉。那些关于人世间的感觉已经远去，岁月和生命的往事都在飘散，将幻化成一份持守与宁静。秋天把静穆见底的深情照耀在我的心上，把最极致的美浸入我的灵魂，那我就在这样的残酷中沉沦，一如那即将凋落的花朵，和那片片飘散的落叶。

2004.09.09

故乡

> 新华词典"痉挛"条：指骨骼肌、平滑肌等局部紧张，较长时间收缩。常由于中枢神经系统受刺激，肌肉本身受束缚、损伤或寒冷引起，如腓肠肌痉挛、胃痉挛等。在病理学里，"痉挛"指的是一种不自主的肌肉抽搐反应，俗称"抽筋"；在大量快速、不断更新的资讯电击下，"痉挛"是一种持续的身体短路现象。我在今年春天回了一趟老家，在故乡的身影里，生病了，就是胃痉挛。
>
> ——题记

我常常在心里掂量着某种感觉，诸如爱情、亲情、友情、乡情等，这些最简单又最深奥，纠缠着很累人。单说这乡情，游离着、混沌着，似乎从来没有停泊过，故乡便成了缥缈的概念，多年前我离开的时候，心情就出奇的平静。在这个庞大喧嚣的城市中，我清高而世俗地生活着，总有许多形而上或形而下的折磨，比如说，我找不到成就感，比如说，我的生活从来没有停泊地，而立之年的我有太多的慌不择路。当我坐在拥挤的大巴里飞驰在回乡的高速公路上，眼里装着的都是窗外迷离的风景，思绪不知扔到了什么地方。我是一个慵懒而倦怠的人，常常在不知不觉中陷入某种情绪而不可自拔，因而，对外界的变化有时过度敏感，有时又很迟钝。在这乍暖还寒的春日，突然想起海子的诗：

给每一条河每一座山取一个温暖的名字
陌生人，我也为你祝福
愿你有一个灿烂的前程
愿你有情人终成眷属
愿你在尘世获得幸福
我也愿面朝大海，春暖花开。

此时此刻默念着这首诗温暖而伤感，我更多的是为自己祝福，那连绵的海洋般的油菜花告诉我，这个世界似乎一直没有变化，有的只是时序交替中的执着与体贴，关于故乡的记忆，既是碎片式的、波动式的，又有着挥之不去的穿透力和纵深感。

此刻的我终于站在故乡的大地上！这是一个早春的阴郁天气，稀疏的油菜花挣扎着探出消瘦的面孔，仓皇的夕阳孤零零地挂在一览无余的西天，零落的芦苇荡、树林、水塘、盐碱地瑟瑟地笼罩在春日狂风吹卷的漫天沙尘中，远处田畴屋舍、鸡鸣犬吠一时间缥缈着、逃遁着。一座占地 6000 亩的农业生态度假村正在紧张施工中：一块块鱼塘和芦苇荡将被彻底改造成景观湖，一条条泥泞小道将被修成平坦整洁的沥青路。那集中营式的万头猪舍、牛舍、羊舍、鸡舍等彻底颠覆着我的记忆。还有那豪华别墅群、游乐场、巨型雕塑、假山等也将横空出世，不容置疑地展示它的荣光与矜持。我的面朝黄土背朝天的家乡父老惊诧不已，想象着"大老板带着小蜜"来度假的神奇情景。

眼前就是"河东"，那条潘堡河把家乡分成东西两边，我家在河西。这是一块大海退却后留下的辽阔滩涂，自然界曾大方地让这片总也望不到边的土地毫无雕饰地在风风雨雨中坦荡着、神秘着……我儿时的欢乐和感伤，轻狂和羞涩都抛撒在这块土地上。

小时候，我和小伙伴们经常渡过那条宽阔的潘堡河，在荒芜而充满野趣的"河东"玩耍。这个时刻，我们挣脱了父母的眼睛，在一望无际的天地里疯着、野着，挥洒着平时压抑着的喜怒哀乐。我们跨过一条条小河、一个个水洼，在铺展茂密的芦苇荡中兴奋地追逐、打闹。我们追赶着欢快的野兔，在草丛沟壑中捉迷藏，用土块垒起"碉堡"打仗。"河东"悠远而亲切，春日的阳光和野花中，一个少年的心思敏感而细腻，升华着关于生命和自然的梦，体贴而温润。夏天的清晨，我常常和小伙伴们来到河边的幽密树林中挑蘑菇，一刀下去，常常"咚"的一声钉到棺材板上，晨雾缭绕中，害怕中透出幸灾乐祸，有一种无以言传的美妙。中午，我会准时爬到门前的大树顶上，那里有一张由几根树枝组成的"摇篮"，那大树枝繁叶茂，成了绝好的荫凉，清风牵着知了的叫声拂过脸颊，静静地、美美地做一个顽皮的梦，是那个青涩年代里最好的香甜。下午往往待在河里，赤条条地像泥鳅一样在水里钻进钻出，捉鱼捉虾、打打水仗，清澈的河水、欢腾的浪花，成为儿时记忆中永驻的快乐。

今夜的我躺在故乡的床上，窗外漆黑一片，寂静一片，幽远一片。想起舒婷的诗《还乡（今夜的风中）》：

> 今夜的风中似乎充满了和声
> 松涛，萤火虫，水电站的灯光都在提示一个遥远的梦
> 记忆如不堪重负的小木桥架在时间的河岸上
> 月色还嬉笑着奔下那边的石阶吗
> 心颤抖着，不敢启程不要回想，不要回想流浪的双足。

是啊，时空飞逝让我惊悚，它把我从一个懵懂的阳光少年变成了一个窘迫的迟暮者。

早晨是在左邻右舍婆姨们叽叽喳喳的闲聊声中醒来的，有一缕清澈的阳光已经伸长脖子照在懒洋洋的床前。这种情景曾经伴随我许多年，犹如一件随身的衣服，虽然陈旧而土气，但那种说不出的温暖与体贴是留在心底的。我一时间不知道可以做些什么，只是随便走走看看。已经找不到那棵大树，屋后那一大片竹林也早已消失，甚至连鸡鸭鹅羊也难觅踪迹。走进左邻右舍，到处是冷清的氛围，一般的青壮劳力早已奔赴大大小小的城市打工，只留下老人、妇女和儿童。难得见到两位儿时的玩伴，一位办起了养鸡场，一位办起了化工厂，每天为发财致富而辛劳打拼。村里不知何时已经竖起了不少楼房，庞然大物般都是堂皇的派头，有的竟有十几个房间，不过大多数都空着，落满了灰尘。一些"新潮"的东西仿佛在一夜之间走进家家户户，空调、冰箱、洗衣机、影碟机等应有尽有，只是因为舍不得用电大都闲置着。只有那个高音喇叭好像几十年如一日不厌其烦地播报着各地的新闻联播，传递着"激动人心"的信息和指示。

时间剪影

20世纪七八十年代的家乡充斥着饥渴，我小时候是在贫乏中度过的。那时，母亲每天都要精打细算一家人的衣食住行，却总有永远还不完的债，这成了父母没完没了争吵的导火索。邻里之间平时其乐融融，但常常会为了一只鸡、一只鸭大打出手。大家都被牢牢地捆绑在田地里，寒来暑往，最辛劳而最低效地操持着生产，无奈而满足。村里难觅青砖瓦房，更多的是简易的茅草屋，没有电，更没有与电相关的任何东西，一到晚上黑咕隆咚。唯一算得上"电器"的或许就是家家户户都有的小喇叭，它连接着村里的大喇叭，播送着"上面"的声音，每天广播站定时开始和结束，成了乡亲们的"全自动时钟"。在一盘好菜回味很久、一件新衣省上几年、一次出行炫耀半天的困苦中，不知揉碎了多少梦境。

走在村中，不时有人急切地向我打听着"上学""打工"乃至"找工作""看病"等事情，还兴致勃勃地向我描绘着关于"大老板""大干部"的现代传奇。大家的脸上有兴奋，有艳羡，更有落寞和无助，那种神态如此陌生而熟悉。走在家乡"翻天覆地"的身影中，我突然间有一种奇怪的感觉，决绝而缱绻，期待而失落。这片土地曾经承载了我青少年的惆怅和求索，我常常捡起一颗小石子用力向远方掷去，虔诚地许一个愿，祈祷上苍的呵护，感觉那份温暖。时光转瞬即逝，找不到从容。那么，我的青春流落在何方？

在老家待了两天，正值清明，我分别到爷爷奶奶、外公外婆的坟前烧了不少烧纸，仿佛是追溯生命的源头，祭奠冥冥中飘忽的命运，春日狂风夹杂着花粉和灰尘吹拂在脸上，有太多的恍惚。随后，我来到了县城。当年，我初中毕业后上了中师，那时，成绩优秀的学子往往就是走这条路，我最美好的三年时光就是在家乡的县城度过的，尽管有太多的失意，但却成了我人生的又一个起点。

如今的县城正大踏步地向前冲击着"xx第一城"：步行街、洗浴城、巨型商场、精品店、星级饭店、高速路、铁路、霓虹灯、网吧、开发区……满眼"现代化"的迷人元素。县中门前出租房格外火爆，几乎所有的高三学生家长都在租房专职照料孩子。母校已经改制扩建加入高考大战，几乎无迹可寻。宽阔的马路两边高耸着连绵的楼房，光鲜严肃的面孔，"xx集团公司""xx商务中心"的招牌随处可见。街上满是各种款式的轿车，只有偶尔出现的手扶拖拉机、三轮摩卡还能唤起以前的记忆。那条金碧辉煌的步行街是在彻底推倒老街的基础上建成的，光芒四射的灯光绚烂而张扬，时尚专卖店骄傲地一字排开，这样的硬件条件即使放到大城市中也毫不逊色。因为人气不足，步行街现在可以行车，簇拥着自行车、三轮车、摩托车。洗浴城在我们这个国家早已像分裂的细胞一样扩散到每一个角落，县城目前已经超过50家，家家生意火爆。县城的发展是飞速的，总有一种摧枯拉朽的力量在决定着这一切。

我在20世纪80年代中期到县城读书，与老家的贫瘠比起来，县城是一个全新的天地。古色古香的七里老街是一个标本，是繁华的标志：青砖铺就的狭窄街道，熙熙攘攘的人群，百年老店飘出诱人的香味，沿街商贩嘹亮的叫卖声，依街边坐着遛鸟闲聊的老人，清脆的自行车铃声，斑驳的老房子。那时县城已有一个新街，不过马路只有两个车道，常常只有几辆破旧的面包车和拖拉机等在街头行驶，两边有稀疏的楼房，看不到霓虹灯，连装修的墙面也是灰暗低调的颜色，是那种不急不慌的底气。那时，刚刚走进县城的我们常常在课余时间呼朋唤友逛逛街，商场里零乱的商品和街头上糕点的香味与我们若即若离，撩人而温馨。

和一帮老同学相聚在一起，掐指算来心里一惊：16年了！16

年的岁月足以改变一切，但大家性格依然：一位男同学总是口不择言，常常被我们抓住"小辫子"攻击一番；一位女同胞说话总是傻乎乎的模样，我们就故意绕点弯子把她"圈"进去，而现在一开口，还是当年。那时我们才十八九岁的年纪，转眼间已经跨过了青年的门槛。大家兴致勃勃地说笑着，却突然间会出现一阵令人尴尬的沉寂，谁能真正理解其中的感觉呢。看看他们，依稀可见当年的神色，只是眉宇间分明有掩藏不住的沧桑。一阵寒暄之后，大家热烈地谈论着鞋品专卖或粮油代理，下岗的焦虑甚至退休的向往，孩子的教育乃至家庭的变故，等等。我一时间插不上话，那些东西与我好像太遥远又太接近，无从捉摸。

这帮同学当年都是百里挑一的尖子生，本可有着丰富多彩的人生，但都走进了这条清苦压抑的路。当年我们一入校，马上有了或多或少的挫折感，但年轻的我们似乎找不到理由消沉。大家认真地应对各门学业，尽管清楚机会不多或者说没有机会，但理想总是压不住地滋滋生长。我们常常在学校熄灯后点起蜡烛高谈阔论，挥斥方遒。会躲在无人的角落，变着法子自虐般地苦练各项"基本功"。会在素质比赛中为了一个名次、一份荣誉而神经兮兮。会因为老师的某种肯定、某次表扬而沾沾自喜。当然，我们也会悄悄地传说着某某男同学与某某女同学有点"那个"的故事，以及谁与谁有点"拉帮结派"的苗头。在这所有着近百年历史的师范学校中，我们的青涩年华如斑驳的旧影水渍般留在记忆里。

20世纪80年代中后期是一个激情澎湃的时代，仿佛是一夜之间从梦中醒来，人们都开始轻松地迎接着新生活，春天的信息从各个角落涌出来，抚慰着人们干涸的心田。那样的年龄赶上那样的时代，我们是幸运的，我们唱着《心愿》《让世界更美好》，兴致勃勃地张开臂膀拥抱未来。而80年代末，这个世界好像突然发生了变化，我们带着强烈的幻灭感陆续走上寂寞的教育岗位，也许，那样一个年龄还显得幼稚，但大家在颓废中进取，在压抑中张扬。90年代中期，我似乎是忍无可忍，终于决定抛弃这一切，考研离开了家乡。记得当年我考取研究生后，在同学们中间引起了一番震动，带来了不少羡慕和祝福，我习惯于这种感觉，因为自负的我从小就能在人群中脱颖而出。此时的我回到同学们中间，转眼间距我离开家乡又是9年，谁能理解，我在滚滚红尘中似乎早已身心疲惫。我似乎什么也没有改变，但我似乎改变了很多。我改变了吗？我没有改变吗？我知道，我喝醉了。可能是由于这几天吃了大量的海鲜，又连续喝了几顿酒，我一时间胃痉挛，上吐下泻。余光中说：醉酒的滋味，就是乡愁的滋味。而此刻，我跌跌撞撞地走在县城流光溢彩的街道上，在我恍恍惚惚的眼神里，同学们的身影亲切而疏离，岁月就这样冲刷着生命的年轮，越来越清晰，越来越模糊。我一时间显得仓皇而无助，那些曾经的时光，究竟沦落在何方？

　　坐在这个城市寂寞的灯光下翻捡故乡的记忆，体味回乡之旅，一时间，我仿佛被抛到了时空的隧道中，那些浮华与无措，希望与凄惶，挣扎与坚忍的风景扑面而来。我干脆把那总也驱赶不去的记忆都一股脑地装在脑海中，再装上这5天返乡之行的所有经历，这一切仿佛要撕裂我脆弱的心胸。我踩在现实和记忆的碎片上，仿佛一阵风吹来，我会和它们一起无影无踪，故乡的身影成了我心灵中沉重的负累。有人说，人类只有三大心灵归依之处所，那就是故乡、爱情和宗教。爱情善变，宗教虚飘，相较之下，家园倒是一个最可把持、最具有世俗人心的场所了。晚年的荷尔德林说，还乡就是返回人诗意地栖居的处所，返回与神灵亲近的近旁，享受那由于偎伴神灵而激起的无尽的欢乐。这就是诗化，就是诗意的人生。郁达夫在《还乡后记》中说："任它草堆也好，破窑也好，你儿时放摇篮的地方，便是你死后最好的葬身之所呀！"可如今，我到哪里去安顿我漂泊的灵魂？这么多年来，我的心灵已被磨砺得面目全非，犹如一条慌不择路的野狗，惶恐而无奈。世界上面向大海的那个角落是我的故乡，这个浮躁扭曲的城市是我寄身的地方。未来，我将走向何方？

2005.09.10

古道行

　　簇拥的星斗在山谷上面的天空中灿烂开放，幽幽群山抹着优雅的神韵，伴随着淙淙的流水声，一阵阵清澈的风从脸上划过，蕴藉悄然滋润倦怠的身心。这是寒冷冬季里的一次户外运动，在蜿蜒险峻的徽杭古道上，一帮"驴友"在深夜里的"行军"间隙。第一次做"背包族"的激动充斥心头，我卸下臃肿沉重的登山包深吸一口清凉的空气，倚着山坡默默仰视点点繁星，倾听四野里的清新气息，一时间说不清寒冷、饥饿、疲惫是折磨还是享受。

　　在压抑、喧嚣却又令人陶醉的城市中生活得太久，我们总在抱怨"失去了感觉"，根源于人与自然的隔绝和人与人之间的隔膜，我和众多的都市人一样渴望逃离，"自讨苦吃"的户外运动成了一个绝好的选择。我是一个坚强与脆弱、洒脱与琐屑、乐天与悲悯交织在一起的矛盾的人，心里总装着什么，却又空空如也，常常感觉着扭曲和失落，但又说不清受了什么委屈、又想得到什么。我没有那么多的闲情逸致,更没有诗酒天下的万丈豪情,只想找一方暂时的山水,舒展紧绷的神经、慰藉沧桑的心灵。黄昏时从安徽绩溪伏岭镇开始登上古道,我突然间又感觉心乱如麻,孤寂的心情写在脸上,是挣脱藩篱的轻松?还是矫情的自欺欺人?一时间什么也说不清楚,索性埋下头只管走路,脚下的碎石和衰草提醒着我,至少这一刻,我远离了整日纠缠不休的电脑键盘和总也理不清头绪的烦心事。

"城里的马路那么宽,楼房那么高,为什么还要到我们这穷山沟来吃苦?上海、南京、杭州经常有团队来,他们常常冒着大雨爬山,饿了就吃一点自己背过来的干粮,夜里就在水里泡着睡觉,真是可怜!"在宿营地"徽杭之家",50多岁的主人老胡一边向灶膛里喂着木柴,一边向我请教这个他问了不知多少人的问题。我看了看老胡,看他脸上的条条皱纹,看他消瘦身材里透出的岁月沧桑,敷衍地说,也就是为了出来锻炼锻炼吧。老胡不满足于这样的回答,轻轻摇摇头,和我聊起有关绩溪的掌故来,那么多的奇闻轶事,老胡娓娓道来,让人叫绝。

徽杭古道凝聚着太多的故事,浓缩着徽商艰苦决绝的奋斗史,面对重重大山阻隔,徽州人硬是踏出了这条著名的山道,通向江浙,走向全国。如今走在这条古道上,一股自然质朴的气息扑面而来,尤其是刚刚走过的"江南第一关"更让我们领教了徽州人筚路蓝缕的气魄和胸怀。沿着峡谷山体开凿的石道仿佛悬崖上悄悄划过的一缕细线,飘逸灵动中暗藏刚劲有为的气势,顽强地冲击着我心底里的游离和淡漠。石道宽不过半米,到处是渗水的碎石和青苔,1400多级台阶悬在峭壁上,猛一看去令人头晕目眩,大家趔趄着走在上面如履薄冰。"江南第一关"有一个休息点,只是一个两米多高的小门洞,犹如古道这条丝线上打的一个结,从这里俯视深涧巨谷,一种不可言传的洒脱轻盈一时间激动着自己的神经,我慵懒冲淡的心里突然有一种迸发的热情,想大吼几声,想挥舞双臂,想撒开腿狂放地蹦上几蹦——刚迈开腿,早在一旁盯着的"牦牛"队长眼睛一瞪:"不要乱动,危险!"我猛地缩回脚,一块石头骨碌碌向悬崖下滚去,很久才听到山脚下传来的"扑通"声。我吓出一身冷汗,头皮一阵发麻,蜷回身子紧贴门洞冰冷的墙壁,怯怯地看一眼远远近近的群山,一时间说不清那一刻的坚强和脆弱哪一个才是真实。短暂的休息后,我们又小心翼翼地上路了,长长的队伍借着点点灯光慢慢向前游动,安全无疑成了第一要务,大家互相关照着、提醒着,哪儿有一块石头松动了,哪儿有一棵树木拦住了去路,哪儿的山崖暗藏危险……我感觉了一种温暖,却又有一种说不清的失落。

在"徽杭之家"的山坳坳里,寒风凄凄。我迫不及待地扔下背包,一屁股坐到地上,浑身像散了架,"驴友"们找来一些木柴,篝火很快烧起来了,大家肆无忌惮地狂欢起来:女孩们嬉笑着、尖叫着,男孩们打闹着、狼嚎着,我加入他们的行列,很快聊得热火朝天,在欢快的调侃、轻佻的玩笑中,不知从哪里来的洒脱一时间冲淡了疲惫。开饭了,这才想起整整一天才啃了几块面包,肚子早已饿得咕咕叫,此时最大的愿望当然是一顿美餐,可在荒郊野外,这是天方夜谭般的奢望。我用出发时从饭店借来的那个破碗盛起一碗干饭,没有菜,也没有酒,实在是难以下咽,但有什么没办法呢,只能硬着头皮一筷子一筷子挑着饭团塞到嘴里,胡乱填饱肚子了事,看看大家,一时间有点沉寂,和我一样的沮丧。在恍惚的火光中,我突然想起了城里的万家灯火,平时这个时间已经吃过了可口的晚饭，洗了一个热水澡，在空调房里翻闲书、听音乐、喝咖啡……这是两种截然不同的生活，但我又说不清区别到底在哪里。我看来不是一个真正潇洒的人，在心底总有说不清、道不明的琐屑暗暗销蚀着激情，我不知道我在寻找什么，又将走向何方。我默默看一眼大家兴奋得变了形的脸庞，心里突然空空落落的：整整一天没有打电话、没有看报、没有上网，这世界今天到底发生了什么？我两眼一抹黑，一种惶恐毫不留情地袭来。老胡瞅准机会找我聊天，他说我是有学问的人，他就喜欢和有学问的人聊天。这个晚上，我和老胡聊得很投机，谈起村里人的生活，老胡说："现在的日子比以前是好多了，不过现在的人想法太多了，反而过得不舒服，不知道是什么道理。"我看老胡慢条斯理地向灶膛里添加着木柴，看老胡拿起一根燃着的小木棍点起一根劣质的香烟，一时间不知道该说些什么。

我们在满是石砾的地面上抖抖索索地搭起了数十个帐篷，四野里伸手不见五指，只能借着头灯的微弱灯光打点睡袋和生活用品。哆嗦着钻进睡袋，周围很快恢复了平静，一股困意袭来，我差点就睡过去了。突然一个激灵，头脑一时间出奇的清醒，身子下面的几块石头正硌得我生疼，帐篷里一股浓烈的汗臭味顽强地环绕着窥探着，帐篷外嗖嗖的寒风猛烈地尖叫着冲撞着，有隐约的狗叫声从远处传来，有呜咽的流水声从深谷间传来，交织着浓得化不开的黑暗，一种"念天地之悠悠"的悲悯感觉随即充斥了整个心胸。早晨从帐篷里钻出来，大家都是睡眼惺忪，老胡同情地安慰我，还是那个问题："在城里生活得好好的，为啥要吃这份苦？"我只能尴尬地笑，我确实说不清。匆匆告别了老胡，我独自一人迎着早晨温煦的阳光昂首站立皖浙交界处的山顶眺望水墨画一样的群山，透明澄澈的空气紧紧拥抱着静穆葱郁的树木，云雾缭绕的世界一派祥和安逸，洞若观火的清朗顽强地扫荡着昨夜的阴郁，一种昂扬乐天的激奋涌上心头。不过，与此同时，我的眼前仿佛又出现了总是挥之不去的高楼大厦和喧嚣车流，分明有一种无孔不入的专制，来源于写字楼里的压抑，来源于城市里的万丈红尘。

默默地走在古道上，我的心情无法平静，这么多年来，我清高而世俗地工作着、生活着，我宿命般地有一种"天将降大任于斯人"的自勉自信，常常莫名其妙地有一种激情，总在坚韧和默默地求索中虔诚期待着什么。但在这个喧嚣的尘世中，又有"蝼蚁之命无足轻重"的自怨自怜，见识了太多的无聊，更有太多的束缚，那种惶恐和无助早已深入骨髓。我想，我的坚强与脆弱、洒脱与琐屑、乐天与悲悯交织着的矛盾也是许多现代人共同面临的难题：我们有太多的期待，但我们只能戴着镣铐跳舞，我们有挣脱藩篱的冲动，但我们常常走投无路。

前面是障山大峡谷，到处是狰狞着面孔的怪石和悬崖，张着大口仿佛要吞噬这条古道，大家马上摆出随身背着的全套登山工具，兴致勃勃地准备速降。安全依然是最重要的，"牦牛"队长一边严肃地一遍遍检查着每一根绳索、每一个绳结，还有安全帽是否戴得牢靠、支撑架是否牢固，一边不厌其烦地讲解着速降的每一个要领、每一个细节，还要变着法子为大家打气、甚至是命令……终于有身材精瘦的男孩子跃跃欲试，还有长得像狗熊的小伙子在腰间系上了绳子，然后有胆小的小女孩也小心翼翼地从山顶上降下来……我们选择的是一个并不十分陡峭的岩壁，但安全措施几乎保护到了牙齿上，真正的万无一失！我对这过分安全的速降似乎不感兴趣，只是和几个"驴友"悠闲地坐在岩石上忽东忽西地胡侃，心情不知不觉间有点舒展,古道上的新鲜和刺激似乎都被赋予了灵感。这一刻,好想有那么一天,自己一个人背上沉重的包裹,悄然走向一个从无人烟的地方,跌打滚爬着找寻那一份冲动与发泄,那可是我从来没有得到的东西。就在我身旁,一座陡峭的高峰凛然矗立,苍凉的石头冰冷着面孔,被雨水长期冲刷的山体呈现一棱棱不容置疑的严峻,我仰视这山峰,一种庄严神圣冲撞着自己的心灵,我伸开双臂,自己的身体仿佛跃上了山峰,我不顾一切,拥抱一切……

真想在这山谷里撒撒野,只是我不知是从哪里来的倦怠和怯懦,游离着放不开手脚,我笨拙的身躯无从伸展,像一个被长期驯化的动物,再也无法回归山野,这是一条不归路,是我们的宿命。我们渐渐习惯于冷漠着面孔拥挤在摩天大楼的电梯中、习惯于在刻板的办公间中循规蹈矩,我们常常只能靠网络来认识世界、靠敲击键盘来表达我们日渐苍白的思想,这些都悄无声息地剥夺着我们的喜怒哀乐。我眺望连绵的群山,就在徽杭古道旁,一条山道正在紧张地修葺,一台台大型挖掘机正伸长着钻头,在坚硬的岩石上顽强地挖掘着、钻研着,一块块巨石轰隆隆向山脚下翻滚而去,一阵灰尘腾空而起缭绕在山谷间,要不了多久,一条宽阔平坦的公路将穿山而过,古道将永远退出历史舞台,更多的人将会舒服地坐着汽车来参观作为旅游景点的古道。

坐在回家的汽车上,我在大家欢腾的说笑声中默默地看着窗外晃过的迷离灯火,恍惚中的徽杭古道在奔驰的车轮后渐渐远去,想起老胡的话,到底为什么要"自讨苦吃"?我此时就是想家,好像已是阔别多日。一进家门,我风卷残云地把两盘菜一扫而光,又冲进了淋浴间,恶狠狠地搓洗身上的污垢,然后急不可耐地打开了电脑,当一行行文字和花花绿绿的图片迎面扑来之时,我突然像一个瘾君子扑到了海洛因上。第二天,我和往常一样在城市潮水般的车流中赶着上班,同样是等了好久的电梯,同样是准时坐到了属于我的3平方米办公间,窗外有高楼大厦,有纵横交错的马路,到处是扑面而来的滚滚红尘。那一刻,我知道,"自讨苦吃"的古道之行只是一个自欺欺人的梦,在这个梦里,我们依然找不到感觉,我们注定了无法逃离。

2005.12.20

时间剪影

泸沽湖边

在三月的春光里,从丽江古城走进滇西北崇山峻岭中的泸沽湖,一路上汽车已经在蜿蜒曲折的险峻山道上盘绕了5个多小时。在恍恍惚惚的风景中,我在脑海里一遍遍搜寻所有关于那片神秘的湖泊、那个世界唯一原始走婚民族的想象。一时间,那专横粗野、无孔不入的万丈红尘正在渐渐远去,原始、宁静、圣洁的一幕似乎近在咫尺。

一

经历了太多的颠簸和盘绕,汽车终于疲倦地停在一座大山的腰间。从这里可以俯视远处山谷间的泸沽湖,一种梦境般的缥缈之感突然袭来。我分明看见一块碧绿的翡翠安静地镶嵌在万山丛中,刚刚从眼前走马灯般晃过的绵延群山似乎都是为了这一刻的众星捧月。

一时间似乎忘记了存在，忘记了人间烟火，这片与世隔绝的山水那般超凡脱俗。我一遍遍扫视远处数不尽的千山万壑，从喧嚣、张扬的城市水泥森林的记忆中逃脱过来，纯净已然荡涤了整个心胸。

二

走近了泸沽湖，眼前一溜木楞屋依偎在山谷间，倒映在湖水中。是啊，终于来到了摩梭人之中，一个原始的部落，一个神秘的女儿国！尽管饥肠辘辘，但我还是迫不及待地走上那条唯一的街道，走进了"摩梭人家访中心"。一进门，迎面十几个打扮得花枝招展的摩梭姑娘把我们迎进房屋内。原来这是一个很大的四合院，环绕着一个个花房，那便是摩梭姑娘的闺房，是她们迎接心上人走婚的地方。每天深夜心上人悄悄地爬进来与姑娘过夜，天亮前一定要悄悄地溜走，生了孩子则由母亲家族抚养。

家访项目的核心部分是走婚演示：游客在主持人的引导下分别和一个摩梭姑娘喝完交杯酒，背着姑娘跨过一个火盆，两人约好一个暗号，姑娘先躲到花房中，"阿夏"（新郎）则在一个窗口外悄悄地等着姑娘召唤，对上暗号后才能从窗口间爬进去。这些姑娘训练有素，显得活泼开朗，反而是我常常显得生硬、笨拙，主持人还一连声地说我是"假正经"！表演结束，双方交换礼物，主持人客气地让游客给姑娘奉上一个红包作为答谢。我心里一惊：忘带钱包了！一时间好不尴尬，幸好同伴左掏右掏摸出10元钱，算是帮我解了围，只是刚才还满面笑容的摩梭姑娘隐隐显出了冷漠。

三

  有点灰溜溜地从家访中心出来，我坐上一条修长的弯月形木头小船，泛舟那片湖水，夕阳映照下的青翠波澜在眼前星星点点，在群山衬托下更显晶莹通脱。给我们划船的是一对姐弟，弟弟叫扎玛，黑黝黝的皮肤，健壮的身材，穿着普通的T恤和牛仔裤。姐姐叫纳珠，同样是黑色的皮肤，但隐约间透着女孩所特有的秀气，穿着长裙，头戴一顶宽大鲜艳、由布匹等扎成的帽子，典型的摩梭人装束。姐弟俩一前一后用力划起了船桨，身子有节奏地前后晃动。我也拿起一支船桨，像模像样地划了起来，还不时地劝纳珠注意休息。

  在这一汪碧水间，和这样一位摩梭女孩一起划桨，一时间便有了赏心悦目的感觉。在哗哗的泼水声中，宁静的山野、寂静的湖面一时间仿佛凝固了，一种澄澈浸透了心胸。好不容易划到岸边，我趔趄地站起来。就在这时，纳珠拉过我的手，关切地查看是否磨出了水泡，我心里不禁好一阵激动。

  游览完湖心小岛，我和弟弟扎玛拉起了家常："你觉得走婚这种方式很好吗？"没想到外表憨厚的扎玛这样回答："肯定有它的合理性，不然不会存在那么久！"我又问："实行走婚，是否给双方更多的空间？""什么空间？"扎玛眼里分明多了一份警觉。"也就是说，会不会同时跟更多的人交往？""我相信感情还是占第一位的。"扎玛的回答显得有一种与他的年龄不相称的成熟老到。不觉过了事先约定的时间，同行的游客还没返回，女孩终于不耐烦地走上小岛查看。刚上岸，那个游客正好赶了过来，纳珠从嘴里轻松地吐出了四个字"浪费表情"，一时间似乎把我摔到了城市的街道上。

四

晚上，摩梭人博物馆大草地上，熊熊的篝火燃起来了。盛装的摩梭姑娘和小伙子围着篝火跳起了欢快的锅庄舞，禁不住这热烈欢快场面的巨大诱惑，游客们也哗啦一下穿插进舞队里。红彤彤的篝火，悠扬的笛声，欢快的歌声一时间汇成了欢乐的海洋。摩梭人的初恋是从跳舞开始的，小伙子如果看上了哪个姑娘，就会趁跳舞时悄悄地抠她的手心来暗示。如果姑娘有意，也会抠一下小伙子的手心，之后便会悄悄告知她的花楼位置，让他夜晚前往。

对歌把篝火晚会的气氛推向高潮，小伙子们唱道：

"小阿妹，小阿妹，隔山隔水来相会，
素不相识初见面，只怕白鹤笑猪黑。
阿妹，阿妹，玛达咪……"

姑娘们对唱：

"小阿哥，小阿哥，有缘千里来相会，
河水湖水都是水，冷水烧茶慢慢热。
阿哥，阿哥，玛达咪……"

小伙子们紧逼：

"情妹妹，情妹妹，满山金菊你最美，

你是明月当空照,我像星星紧相随。
阿妹,阿妹,玛达咪……"

姑娘们照单全收:

"情哥哥,情哥哥,人心更比金子贵,
只要情谊深如海,黄鸭就会成双对。
阿哥,阿哥,玛达咪……"

合:
阿哥哟,阿哥哟,
月亮才到西山头,你何须慌慌地走。
阿哥哟,阿哥哟,
月亮才到西山头,你何须慌慌地走。
火塘是这样的温暖,玛达咪;
我是这样的温柔,玛达咪。
人世茫茫难相爱,相爱就该到永久!
阿哥哟,阿哥,
你离开阿妹走他乡,只有忧愁哟,只有忧郁……

在沸腾的晚会现场,我默默欣赏着这些深情而有些凄婉的歌。一时间,印象中的泸沽湖那片湛蓝幽绿的湖水仿佛都沾染了忧伤和哀怨的色彩。想起白天那个与我"走婚"的姑娘,或许她的冷漠只是我的心理作祟。又想起了纳珠,当她拉起我的手,会是一种什么样的感受?

正在我沉醉其间的时候，耳边突然响起了《挑担茶叶上北京》的熟悉旋律，毫不犹豫地把我从多愁善感中拽了回来。一首首流行歌曲又很快登场，在恍惚的火光和舞步中，一时间不知身在何处。

五

第二天，我们走进了真正的摩梭人家。这是一个大家庭，16口人生活在一起，掌管这样一个大家庭的是56岁的祖母，家里所有成员的收入都由她来掌握，一般花费都由她来调节。姑娘的花楼都在二楼，围成了一大圈，想必她们的阿夏都要有很好的身手才能在夜晚爬进这些小楼，又在天亮前悄悄地爬出去。

在摩梭人的习俗里，祖母屋是母系家屋的中心点，一般建在院子的右边，用来供养家族中最有权威的女性，也是家屋集体活动的场所，是炊事、议事及敬神、祭祀的核心部分，而在祖母屋里接待客人是摩梭人最高的礼节。祖母一边客气地用不熟练的汉话和我们聊天，一边拿出各种糕点招待我们。锅里正炖着一锅野菜，由于没用烟囱，家里烟雾缭绕。祖母屋都是用木头搭建而成的，除了一个屋顶的通气窗，四周没有窗户；房间的摆设陈旧而零乱；屋梁上挂着几头制作好的猪膘肉，这是摩梭人财富的象征。屋中靠墙的地面中央，有一个正方形的火塘，是摩梭人家屋最神圣的地方，是母屋的心脏，代表着家屋和祖先，终年不熄，代表家族生命延绵不尽；火塘下方立着两棵柱子，左柱为男，右柱为女，这两棵柱必须取自同一棵在向阳坡上生长的古树所制，树的顶上一节作男柱，根部一节作女柱，象征女性是家屋的"根根"，男女同根同源。

虽然主人对自己的家庭很自豪，但我们还是能感觉到生活的艰辛。我们无法想象这 16 口人是怎样生活在一起的，他们怎样吃饭，怎样睡觉，尤其是怎样相处。要知道，生活是具体的、琐屑的，他们平时有口角吗？财产分配能做到公平合理？遇到矛盾怎么办？在这与世隔绝的大山里，生病了怎么办？我用眼睛一遍遍地搜寻这个烟雾缭绕的幽暗房间，就在一个角落里，一个毛主席石膏像，分明擦得干干净净地供奉在那里。旁边的墙壁上，几张小孩子年画显得分外鲜艳，我眼前又出现了那帮蓬头垢面、衣衫褴褛的孩子。

摩梭人的走婚据说有两个原因：一是打仗，男人大多数战死，为了繁衍延续下去，仅有的一些男人只能实行走婚；一是古时候结婚要给头人送礼，贫穷的摩梭人实在拿不出礼物，只能偷偷地走婚。我相信了摩梭小伙子扎玛的话，也理解了他的成熟乃至沉重。泸沽湖，一个缅怀、祭奠爱情的地方，传说是女神悲伤的眼泪汇成的，她的原始、宁静、圣洁是摩梭人的一个梦，也是我们的一个梦，她是永恒的，也是脆弱的。

2005.05

听风听雨

夜里下起了大雨，哗啦啦打在树枝上、草丛间。一个人住在曹山紫竹林草屋里，静听风声、雨声，一时间恍若与世隔绝。搬一张椅子坐在窗前，翻看一页页闲书，这周围的一切，都是自己的了。

早上从南京来溧阳曹山，一小时行程。车子竟然迷路了，一头扎进蜿蜒小道，周围草木扶疏，青山如黛，空气中弥漫着湿润甘甜的气息。这个时刻的心情，早已随着那些调皮的鸟儿，徜徉在随处散落的田间地头。曹山无疑是一个很小的地名，我此前甚至没有听说过，不过，真正走了进来，才发现她原来藏在深闺，轻盈盈地与我们捉起了迷藏。

一天行程，伴随着散漫的心境。有一搭没一搭地听生态园老板讲创业经历，又晕头转向地找寻藏在深山的糖膏农民艺人。品一口香茗，聊几番闲话，转念间似乎又回到了人间。在曹山，山坳间、密林里，不时闪出几个小小的村落，远看如桃花源一般，走进去才发现生活的滋味同样是酸甜苦辣。曹山属于茅山老区，长期以来农业产业基础薄弱，贫穷与闭塞是其典型特色。但近年来，原来的弱势已经逐渐转化成优势，旅游度假区把丘陵山冈的森林、湖泊、村落、田地、古迹等悄悄地"端"了出来，宁静、清纯、淡雅。她没有"一日游"的生拉硬拽，有的是透着几分淳朴的真诚邀约。于是，你尽管在这里发发呆、做做梦，暂时丢下纠缠不清的烦恼，所谓的"诗与远方"缥缈而矫情，这份近在咫尺的宽容与亲切，倒是显得实实在在。

在曹山京林禅寺，听住持海明法师天南海北地聊人生。他自幼生活波折，亲近佛缘，十多年前来到这座破旧不堪的古庙，带领全寺僧众克服了数不尽的困难，终于迎来了如今的香火鼎盛。海明法师谈吐之间，人间气息扑面而来，一如这曹山，不是雄伟傲岸，而是左邻右舍。曹山修了一条自行车休闲运动公园，车道环绕着山坡曲曲折折、上上下下数十公里。你骑着一辆自行车优哉游哉，路边有杂花，远处有小溪，斜风绕耳，细雨挠头，此时，你是在看风景，还是风景在看你？这年头，越来越多的人感慨活着不容易，一份工作每时每刻地压迫着你，一套房子让你搭上一辈子的辛劳，你每天面对着花花绿绿的世界，夜里却抖抖瑟瑟地掐算着自己的人生。此刻，曹山无法给你答案，只是默默地看着你。她曾经那么多的沧桑，如今是宠辱不惊的从容与善意。

在曹山，白天的一切似乎都已远去，此刻，独自一人面对外面的悠悠深沉，突然之间有一点寂寞，又感觉那般超然。虽然风声、雨声大作，却分明是万籁俱寂。是的，什么都不要想，此刻，我只是静静地坐着、坐着……

2017.08.20

冬泳

　　第一次冬泳是在一个气温接近零下5摄氏度的晴朗冬日。那一天中午，我正在吃饭，一个朋友打来电话，言辞恳切地强烈要求一起去东郊紫霞湖冬泳，这家伙已有多年冬泳的经历，在这之前已经无数次怂恿，对我做了大量的动员工作，直觉告诉我，今天实在是逃不掉了。同桌喝酒的兄弟非常同情："酒后冬泳，你不要命了？"我管不了那么多，义无反顾地坐上了去东郊的公交车。

　　冬日的紫金山是一抹淡淡的水墨画，漫山遍野的树木静默而庄严，偶尔一阵风从林间吹过，一股肃杀之气立即恶狠狠地席卷了整个心胸，美丽的紫霞湖静静地躺在山腰中，在阳光照耀下泛着惨白的光晕，整个一副严肃的面孔。再一看，嚯，湖里那么多的老头老太，一个个在寒冷的湖水里散漫而享受地游着，那般轻松自在，我心里除了佩服就是仰慕。

　　在朋友情真意切的劝说下，我开始抖抖索索地脱衣服，寒风立

时间剪影

即瞅准了缝隙直钻进来，浑身不禁打了一个冷战，本能促使我赶紧合上衣服。朋友当然不会放过，像党代表一样，又是一连串的思想政治工作，我只能一边抖瑟着身子，一边凶残地脱着衣服。当我穿着泳衣站到湖边，寒冷逼着我不停地扭着身体，偷偷看一眼凄清的湖水，一时间头晕目眩，再一看，湖里的那帮老头老太，一个个虎视眈眈！我像一条放在案板上的鱼，只有扑进那冰冷的湖水才是生路！试探着向湖水伸出一只生硬的脚，一股彻骨的寒冷立刻像针扎一样传遍了全身，我像被烫着了一样火速地抽回脚，周围立即爆发出一阵阵笑声，这清楚地告诉我：今天只能豁出去了。一时间，不知从哪里来的一股力量驱赶着我跌跌撞撞地冲进湖里，随着"扑通"一声巨响，我钻进了冰冷彻骨的湖水里！就在那一瞬间，仿佛有无数把刀子簇拥上来争抢着割着自己的皮肤，那是一种凌迟般的残忍。为了抵御那迎面扑来的恐惧，我憋着一口气，像扔垃圾袋一样把所有的感觉都抛到了九霄云外，只是疯狂地划动着四肢，湖面上激起一朵朵幸灾乐祸的浪花，我惊奇地发现：惨白的湖水原来那么清纯，那么明亮！

至今回忆那第一次的冬泳，我敬佩自己，又感到幸运，生活犹如打开了另一扇窗户。我平时经常打打乒乓球、保龄球什么的，但冬泳似乎与这些截然不同，它与运动本身无关。尤其是在一次次的冬泳过后，我发现，这项所谓的极限运动与"挑战自然"或"超越自我"也毫不搭界。我时常想，这是不是一种自虐？但我分明在这种自虐式的快感中体验了那种残酷的超脱的滋味。我满怀虔诚，膜拜一种神圣的感情，从中获得心灵的解放与慰藉。

那一天，天空飘着纷纷扬扬的雪花，伴随着零星小雨，在我们这座摩天大楼的窗户外显得遥远而阴郁。我百无聊赖地坐在办公桌前，空调开得很足，闷热得很，那大片的办公区域传来一阵阵的电话铃声、电脑键盘的敲击声，稀稀落落的谈话声和吵闹声，这些总在纠缠着我，又分明与我无关。一时间，眼前仿佛都是荒凉，如这天气一样，有太多的烦闷郁积在心中难以排解。我突然灵机一动，毅然站起身，冲出大楼，很快来到紫霞湖边，迫不及待地脱光了衣服，一头钻进了冰冷刺骨的湖水中，在漫天雪花中，那种荡涤澄澈的感觉立即充斥了整个心胸，心中的烦闷之气随之一扫而空。这开创了雨雪天冬泳的先例，也在无意间找到了医治"办公室综合征"的灵丹妙药，自此以后，每每在办公室里待得郁闷，我就去冬泳，仿佛那是一种拯救。

那一次寒潮袭击之后，气温降到了零下8摄氏度左右，这在南京可是极限低温！我和同伴赤条条地站在紫霞湖边，浑身哆嗦着就是不敢下水，只是大叫着互相开玩笑打气。在这样的山水间，我们的叫喊声充斥着爽朗和豪情，只是这样的气温，实在让人胆寒，哪怕一点点的水星溅到身上，立时就起了一层鸡皮疙瘩，再加上一阵阵寒风狂吼着刮过来，那真是可怕得很。不过，在激烈的思想斗争之后，大家还是表情夸张地扑进了水里。我们打破了冬泳的低温纪录，一种自豪感不禁油然而生，那种超脱感显得尤为强烈。

虽然打破了纪录，但有一次去了紫霞湖，就是没下水。那是一个春节后，一大帮朋友喝完了酒，突然间来了兴致，互相怂恿着要去东郊游泳，于是，大家嘻嘻哈哈地来到了紫霞湖边。冬日的暖阳安静地照耀着一草一木，清幽幽的湖水泛着一阵阵涟漪，点点光亮眨着意味深长的眼睛。大家一边盛赞着难得的美景，一边你推我我推你，可半天就是没一个人下水，当然那张嘴可不能闲着，互相调侃着挖苦着，难得有几个家伙被激将得脱了几件衣服，但马上又哆嗦着缩了回来。大家一起把眼光扫向我这"冬泳健将",我头脑冷静得很,今天就是不让他们看"免费演出"!没奈何,有人提出了折中高招,提议大家一溜坐到石桥上,脱鞋洗脚,也算是冬泳一场,有人赶快按下了快门,留下了那滑稽而开心的一刻!

还有一次冬泳更有意思,也更有"档次"。同伴不知用什么办法硬是把他的小女友骗来了,而且,她的任务就是给我们拍照!从我们脱下第一件衣服开始,到我们钻进水里游泳,再到上岸穿衣,一个细节也不放过,来了一个全程跟踪拍摄。尤其是我们穿着泳装的"靓照",倒是颇有"惊艳"天下的派头,大家开玩笑说,这些"春光乍泄"的照片拍卖给《花花公子》,准是 500 万的价钱!"千万不能从网上传给我,一不小心被商业网站窃了去,那损失可大了!"我一边在寒风中摆出很多酷酷的 pose,一边郑重其事地叮嘱道。那一次,同伴的那位小女友开心得很,像刚见世面的小鹿般蹦蹦跳跳地忙前忙后,朋友看了自然美得合不拢嘴,连说这一次马屁拍到了点子上!

冬泳时总会碰上好多有趣的人。一位南航的研究生,瘦得只剩下骨头,但游泳还是不含糊,每次都认真地做上好久的准备活动,忽悠忽悠地打上几套不知哪个门派的"太极拳",一边还鬼哭狼嚎般地吼上几声,摆足了架势。每次下水,都像一只拔了毛的"瘦鸭"在水里瞎扑腾,惹得岸上一片笑声。一位 40 岁左右的女子,长了一身的肉,比我们整整多穿了一件"棉袄",我们总是一脸真诚地夸她是"美人鱼"。她听了受用得很,每次都在水里鼓足了劲,围着湖游上好几圈,这个长度可是我们的好多倍!一位鹤发童颜的老先生每次总要带一只温度计来,耐心测量湖水的温度,用随身带来的纸和笔一丝不苟地记录下来,还不厌其烦地给我们讲解许多关于冬泳的常识。做好这样的程序后，老先生总是一本正经地做好一系列准备活动，再对着湖水有板有眼的长啸几声，声震山林，他获得了"钟山老怪"的美名。还有一对老夫妻，70多岁的人，可看起来不过50多岁，身板硬朗，精神矍铄，每次总是手牵着手结伴而来，在水里也是形影不离，相互还不停地调侃打趣，我们封他们为"戏水鸳鸯"！

冬泳需要有朋友结伴而行，一方面可以说说笑笑开开心，另一方面遇到一些意想不到的事情有个照应。有一次冬泳的时候，下水时虽然感觉很冷，可过了一会儿就不那么冷了，突然来了豪情，觉得应该多游一会儿，也才对得起岸边的各位看客，他们可不愿看我早早就上岸。于是，我欢快地在水里兜着圈，双脚扑腾着击打水面，"狗刨式"的做派引来一阵阵坏笑，这更激励着我要好好表现一番，待在水里一晃就是20分钟！等我一上岸，坏事了，突然觉得天昏地暗，周围的山峰和树林都旋转起来，双腿也不听使唤，站都站不起来了，双手哆嗦着就是没法穿衣服，我心里清楚，这是热量过度消耗的结果。同伴赶紧过来为我狠狠地按摩，又给我穿上衣服，再拉着我在山坡上一个劲地跑步，让我尽快恢复热量，这样折腾了好久，我才算"活"过来了，看着同伴犹如见到了大救星！回家后，我赶紧喝完了一大碗热腾腾的姜汤，再认真活动活动手脚，拥着厚厚的被子看电视时，突然有点后怕，今天要不是有同伴救护，或许就"光荣"了！

这几年，我特别想"收徒弟"，想象着呼朋唤友结伴冬泳的情形，那多有趣！于是，我利用一切机会做思想工作，每次朋友聚会，我总是耐心地劝说，还不时地表现一下冬泳时的快乐神情，目的就是为了把他们钓上钩，想象着这些家伙在紫霞湖边乐呵呵的情景，该是多么有趣！只是，任凭我苦口婆心，这帮家伙常常是口头上答应得很响亮，但轮到"上马"，一个个逃得又比谁都快。一次酒后，几个朋友终于被我动员得有了激情，不知从哪来的劲头，夜里9点多就要往紫霞湖冲，我欣喜若狂，这次可钓上"大鱼"了！可等我回家拿好泳衣出门，这些家伙已经逃得无影无踪，把我气得顿足捶胸，都是一帮胆小的家伙！

　　在冰凉如刀扎的湖水中，冬泳实在不是一件轻松的事情，即使有着几十年冬泳经历的人照样感觉非常寒冷。不过，我有时感到奇怪，每当站在清冽的湖水边，总有一种力量激励着自己扑向那片湖水，这是一种没法用语言表达的感觉。当我在浮躁而隔膜的尘世中已不会激动的时候，冬泳成了我孤寂的生活中一丝惊鸿一现的亮光。冬泳对我来说似乎已超越了它本身，是释放真我的一种途径，尤其是在冬天这样一个沉寂的季节，冬泳让我获得了一种快感，我需要这种感觉，因为这是一种凤凰涅槃般的生命体验。我甚至觉得我在和紫霞仙子约会，这位仙子风姿绰约，在冬天尤其显得古典清幽，有一种深入骨髓的淑雅和清寂，那是一种冰清玉洁的气质，让我心灵上一点点的杂质也无处遁形。我对那片湖水的感情与日俱增，她是我的恋人，有太多的惆怅，也有太多的甜蜜，即使是冰冷的面孔和萧瑟的神情，也有无以言传的脉脉情愫冲击着自己的心灵。

2006.06.06

寻找"小雪"

转眼间到了小雪节气，天气渐渐寒冷而干燥，似乎在提醒人们，应该拾掇拾掇心绪，沉淀沉淀生活了。古诗云："寂寥小雪闲中过，斑驳新霜鬓上加。"在中国传统中，小雪有腌寒菜、吃糍粑的习俗，但对现代人来说，气候变暖，雪花已经很难如约而至，糍粑也已成为一年四季的日常食品，或许，只有腌寒菜还能在一定意义上让人们想起小雪来？

我骑着自行车，沿着南京的河西、南湖、城南一路下去，寻找小雪的踪影。在龙江小区，从白云园到蓝天园再到芳草园，角角落落，竟然没有发现一根晾腌菜的绳子。一位老太太感慨，前些年每到这个时候，小区里还有几户人家腌菜，可不知为啥，今年一家也没有了。在龙园南路的一家小饭店门口，我终于见到了晾在门框上的腊肉、香肠。店主说，习惯了，每年这个时候，都会挂上这些年货，"毕竟，小雪了嘛！"不过，他明显感觉到，这几年，买这些东西的人越来越少了。在龙江菜市场，我左寻右找，才在二楼的一个角落里见到了腌菜的摊位。一位老太太颤悠悠地过来买了几棵，"也就是自己吃吃，现在的年轻人不吃这个了！"

在集庆门云锦美地小区周边，前些年还是棚户区，现在已经成了现代化小区，高楼林立，树木葱茏。小区保安介绍说，考虑到卫生、整洁等原因，现在物管已经不允许晾腌菜了。谈话间，我巧遇60岁的田大妈。谈起腌菜，她一下子来了兴致，原来她做腌菜已经几十年了！这么多年来，老人搬过几次家，从老城南的"青砖小瓦"搬到了城中的"单位大院"再搬到了河西的"高档小区"……宽敞明亮的房间里已放不下大缸，漂亮豪华的小区里也不能晾晒腌菜了，田大妈就在阳台上搭起了一个小小的架子，晾上十几棵腌菜。"现在外面卖的那些腌菜，材料、做法都不行，哪能吃啊！前几天，我让人搬回来一口缸，留着腌菜，儿子倒没说什么，就是我那上中学的孙子，老是嫌难看，没办法，搬走了！"老人叹了口气。

在瞻园路上的航天大院，我遇到了开朗热情的袁老太。她70岁了，身体硬朗，满脸慈祥。谈起腌菜，老人伸出手指，"40年了，每年一到小雪，都要腌菜！年轻的时候，在老家姜堰，每年小雪时节，都要和婆婆一起腌菜。先到地里把大青菜铲起来，洗得干干净净，然后挂到院子里的篱笆上，晾一晾。到了小雪这一天，用竹筐把青菜挑到厨房中，在一人多高的大缸里铺一层青菜，洒一把粗粒盐。铺满了，盖上木板，踩严实了，再压上一块大石头！"

如今在南京，每到小雪，仍有许多老人习惯做腌菜，只是做法比以前"精致"多了：先到市场上买来青菜，然后剥去外面的粗叶，只留下最里面的菜心，用刀切成细细的长条，一层一层地装到罐子里，装一层菜洒一层盐。当然，现在很难买到粗粒盐，只能用精细盐了。让袁老太欣慰的是，"女儿女婿包括小外孙，都喜欢吃我做的腌菜。前几天，他们又从中山北路的家里大老远地赶过来，叫我专门熬上稀饭，好就着腌菜吃稀饭！"

　　从老人家里出来，我继续寻找小雪的踪影。前面就是"老城南"钓鱼台古色古香的璇子巷，老人们三三两两地坐在门口，或遛鸟，或下棋，或闲谈，一幅怡然自得的景象，与一墙之隔的现代化都市形成了鲜明的对比。一栋陈旧的老宅前，一对耄耋老人，正佝偻着身子，在门口的石栏上晾菜，石栏旁一口大缸，黑黝黝的，足有半人高，老人说，这缸足有50岁了。老人仔仔细细地把一棵棵青菜码在缸里，撒上粗粒盐。老人说，托人找了好几家菜市场，才找到了这种盐！谈起老南京的生活习俗，老人如数家珍：南京人有"小雪腌菜、大雪腌肉"的说法。那些年头，平时没有什么可吃的，也不像现在有冰箱什么的，每年到了小雪，天气一冷，腌菜就成了头等大事，家家户户门口晾满青菜，院里一口大缸，像过节一样。南京人还有个讲究，就是往缸里码菜，最好是"寒手"，怕手上的热气坏了菜的品质。那个时候，一家人把满满一缸腌菜装好、踩实，盖上盖板，一年就丰衣足食了。

2009.11.29

时间剪影

点滴生活

　　几天前刷牙的时候，突然发现牙膏用完了，懒得买，就挤，一挤，很快挤出一段牙膏。第二天刷牙的时候，才想起还没买牙膏，继续挤，又挤出一点。第三天，还是挤，有点吃力，双手狠狠捏着一点一点往上压，终于又挤出一滴，如此反复，竟然挤出不少牙膏来。几天下来，拿着已被挤得完全成了一张锡皮的牙膏壳，竟然有了一种成就感。如法炮制的还有洗发液、沐浴露等，往往感觉已经空空如也，但洗澡的时候，还是拼命挤一挤甩一甩，马上会有新的惊喜。

　　不知从什么时候开始，每次打开水龙头，听着哗哗的流水声，我感到了一种亲切，又似乎有一种莫名的伤感，想拽住它，生怕这一切很快成了过眼烟云。因而，淘米的时候，把水留下来浇花；洗脸的时候，把水积下来冲马桶；洗澡的时候，水龙头总是开得很小；洗碗的时候，一池水总是用了又用。无法想象，两年前刚刚搬进新居时，面对一个月数十立方的水单，我还无动于衷。

同样，电给我的生活带来了种种方便，但我常常因为自己的过度使用而产生一种愧疚。于是，我搜寻着一个个生活细节：书房里的多联插座，把一个个开关关上；卧室里的电视机，不忘切断电源；厨房里的微波炉，平时一定把插头拔下；卫生间里的热水器，只在洗澡前一会儿定时打开……记得以前，热水器插上电源后，一连几月就没动过，仅仅是因为喜欢那种龙头一开热水就来的感觉。

闲下来的时候，我偶尔会打几个电话，查查银行卡上这几个月水电开支的数据，我知道，这些其实并不重要，关键是，理理这些数字，就是保留一份对生活的敏感力，有一份虔诚，一份感恩。

平时在家，很少自己做饭，偶尔的几次，去菜市场买菜，买一样，一个塑料袋，买一样，又一个塑料袋……等回家的时候，才发现，做了两个菜，竟然用了七八个塑料袋。开始还不在意，渐渐地似乎有些心疼。再一次走进菜市场的时候，突然有一种沉重的负罪感，我让菜贩尽量把一种种菜放进同一个塑料袋。再后来，我自己带着购物袋走进了菜市场，这个时候，心里才重新获得了坦然。

回忆以前的生活，在一个物质还不丰富的时代，我其实过得大大咧咧。吃饭的时候，碰到不合口的，马上就倒；有点钱进饭店，点上一桌菜，不管剩下多少，埋单走人。奇怪的是，现在物质条件好多了，反而过得拘谨起来。在家里吃饭，不管合不合口，一定要吃得"碗底朝天"。去饭店，总是就着大家的胃口点菜，不多，也不少，即使剩下来，也毫不犹豫地打包带走。

同样，多年不穿的衣服、废弃不用的家具、一只旧手机、一台旧电扇……我在处理它们的时候，仿佛感觉到了生活的温度，那是一种岁月淘洗历练后的温暖和感动，我无法一扔了之，我要设法让

时间剪影

它们各得其所，有的捐出去，有的送他人，有的卖废品，有的珍藏起来，这样，才觉得对得起它们。

有的时候，在家里慢慢踱着步的时候，突然间感觉时空倒置，似乎听到了生命的宝贵与美好，也听到了生命的尴尬与庸碌，而生活的一点一滴，其实就在自己手中，不是牵强，也不是崇高。

那一天在老家清理东西，突然发现了一盏破旧斑驳的台灯，跟随我十几年了，算起来，我的那点知识和文化，大部分是在它的身影下积累起来的。我把它清洗干净，重新放回书桌，犹如一件宝贝，让自己的心灵变得蕴藉而丰盈。

2007.01.10

家乡的滋味

1月21日，父母从东台老家来南京过年。打开车门，嗬，满满一车的年货，一色的土特产：百页、菠菜、青菜、白菜、萝卜、鸡蛋、芝麻糖、肉圆、汤圆、花生、海鱼、海参、淡菜、文蛤、泥螺，等等。都是"纯天然绿色食品"，有海洋的气息，更有泥土的芬芳。后备厢装不下，前面车厢里还塞了不少，两人竟侧着身子从东台坐到了南京。

爸爸70岁开外，妈妈"奔7"，古稀之年了。不过，一年不见，二老似乎没什么变化，身体好，精神也好，一见我们哥俩，高兴得什么似的。在我家住下来之后，两人就开始拾掇起来，准备着年夜饭。大年三十，妈妈迫不及待地告诉我："二小，这次要好好做顿年夜饭给你们吃！"我知道，二老等着这一天好长时间了。不过，今天，我不知从哪来的兴致，突然把他们按在桌前："不准动，今天看我的！"妈妈一怔，哑然失笑，好像不相信自己的耳朵。而我早已冲进了厨房,关上门不让他们进来,自己则穿上了围裙,掌起了大勺。两个小时后,我的年夜饭就伴随着窗外噼噼啪啪的鞭炮声端出来了:百页拌时素、蒜瓣炝泥螺、淡菜闷豆腐、青菜烧肉圆、文蛤炒菠菜、姜汁红烧鱼、白糖烩蹄膀、海参萝卜汤,鱼肉海鲜,汤汤水水,都是地道的家乡菜。

我一年做不了几顿饭,平时都是在单位或者在外面混着吃,同学、同事、朋友三五成群,吃一顿算一顿。今天,看着满桌的年夜饭,我自己先感慨起来:没想到,我还有这样的潜力!父母也一阵阵惊喜:那个"筋都懒断了""油瓶都不扶一个"的儿子终于出息了!这个时候,哥哥嫂嫂也从家里赶过来了,一家人终于凑齐了,一眼看过来,"30后""40后""60后""70后""80后",各个年代差不多齐了。吃起我做的家乡菜,一个个都不含糊,当然也忘不了赞扬一番我那"精湛"的手艺。而吃着"盐水鸭"长大的嫂子吃起婆家菜来,更是兴致勃勃。我一连声地提醒:放轻松,放轻松,菜还多着呢!她好不容易停下筷子,把眼光从菜盘上收过来:去去去,看得起你了!

吃着年夜饭的时候,外面的爆竹烟花已经一片绚烂。父母几杯酒下肚,满脸红光,喜气洋溢在每一条绽开的皱纹里,高兴得一会儿趴到阳台上,一会儿倚在书房的窗前,"看,那一个是天女散花!""看,那一个是牡丹花开!"那是"彩明珠",那是"空中报喜"。爸爸拿着一份杂志,按图索骥,卖弄着他的"学问",妈妈这辈子虽没读过书,却也认得不少字,当然全靠连蒙带猜,很多时候,还会向爸爸以及我们哥俩叫板。因而,这个时候,她一把抢过爸爸手中的杂志,自己一个一个对照起来,似乎每一朵绽开的烟花,妈妈都要说出一个名字来。过了一会儿,父母似乎还不过瘾,拉着我们下楼去，全家放鞭炮，在一阵阵的鞭炮声中，父母高兴得蹦蹦跳跳："虽然在南京，和在家里过年一样热闹！"

　　过年这几天，由于有了这么多的"绿色食品"，不少朋友慕名前来尝鲜。这些文绉绉的作家、教授、编辑坐到桌前，一开始还由于我父母在的原因，显得比较拘谨，不过，真正动起筷子来，马上丢掉了斯文，开始大快朵颐，连称"好吃，好吃！"我看看这几位，南京人、湖南人、常州人、山东人、杭州人，他们的口味不尽相同，有的偏辣，有的偏甜，有的偏咸，不过，吃起我的家乡菜，都比较有状态。父母看着这些朋友喜欢吃菜，很有成就感，做菜的积极性就很高，让我陪着朋友喝酒，他们两人在厨房里忙碌，一个菜做好了，马上一阵风似地端上来。朋友们纷纷给"老爷子"敬酒，爸爸往往来者不拒，一副聊发少年狂的架势。

　　这样一个年，虽然不在老家，却是原汁原味的家乡滋味，而天伦之乐、友朋之情，也是同样的温暖。

2010.02.15

时间剪影

真正的自己

父母70多岁，到养老的年龄了。因为我和哥哥都在南京工作，他们在老家就成了空巢老人。这些年，他们每年来南京住上三四个月，因为与年轻人同住不习惯，我们便把一个老房子留给他们住，然后隔三差五地过去看看。这样，他们在南京其实还是空巢老人。当然，离儿子近了，心理上会有所不同。下班的时候，妈妈会时不时打个电话来，显得小心翼翼，又似乎只是随意而为。每次电话一响，我就知道，她做了几个好菜，盼着我们一起去吃饭呢。但我们或者加班，或者有应酬，常常连这点小小的要求都满足不了她。

没什么爱好，似乎找不到什么"乐子"，全部生活内容就是看电视了，他们因此也成了很多明星的铁杆粉丝。看电视看累了，便到大街上溜达溜达，或者到玄武湖边坐坐，这样一晃又是半天。村里人都羡慕父母，认为他们到城里儿子那里享清福了，父母笑着附和，却不愿告诉村上人他们在城里的孤独。

上个月,爸爸在老家"老夫聊发少年狂",爬上了一棵高大的银杏树,只为了在一帮老头老太面前炫耀自己"还有力气",只是没想到,紧抓着的树枝咔嗒一声断了,他摔得鼻青脸肿,脊梁骨骨裂,需要躺上几个月。老两口"不敢"把实情告诉我们,怕我们责怪,更怕我们担心。

爸爸读过几年书,年轻时过得平淡拘谨,却在心底处留下了不少失意,到老了,常常慨叹人生:人活着能有什么意思呢,就是这几十年,即使过上一百岁,满打满算,也就三万六千多天!妈妈没上过学,显得"迷信"一些,鬼啊、神啊,上辈子、下辈子啊,这样,心理上倒是平和了许多。每每看着日渐苍老的父母,我似乎看到了年老的自己,不由得思考一个问题:假如老了,我会怎样?

这看似遥远,其实,在时间面前,就是一个迫在眉睫的问题。我们常常慨叹时间的无情,但被工作弄得疲惫不堪时,又期盼着早日退休,以获得真正的自由。比如说,可以从早到晚,泡上一壶清茶,读自己喜欢的书,写自己喜欢的文章,不用像现在这样为了"计件"而疲于奔命,硬着头皮应付各种各样的文字差事。或者,就坐在窗前发呆,从日出东方到日薄西山,不用担心有人打扰,更不用担心虚度时光。

老了之后,也有时间可以随心所欲地到处走走了。比如说,邀上三五好友,来一个"自由行",走哪儿算哪儿。没有人生的得意与失意,做一个性情中人,年轻时不敢说的话,不敢做的事,这个时候可以说说、做做。什么才叫真正的自己?年轻的时候,总是想不明白,老了,要好好想想了,不知道那时候能否找到答案?

年老了,仍然是社会的一分子,不再工作,并不意味着就不能为社会做贡献。比如,走在大街上,面对别人的疾苦,能够给予力所能及的帮助；再或者，做一个老年志愿者，每天穿梭于各种运动会、展览会，让自己的人生过得更有意义。在国外，各个社区、博物馆的志愿者中，有一半以上是老人，他们有时间，也有经济基础，又对社会有公益心，他们优雅的笑容，对工作的投入，常常让我感慨：等我老了，我的生活内容不能仅仅去公园锻炼身体，吃各种补养品，我要把更多的笑容传递给社会。年老体迈了，当然需要子女关心，但我不会成为他们的负担，到了一定时候，我会选择一家质量合格的养老院，毕竟那里有一大群可以说上话的人。

父母这代人，生活在一个贫乏的时代，更在情感上、思想上受到过太多的禁锢，年轻时无法活成真正的自己，年纪大了，同样因袭着太多的文化与精神负担，这样，他们似乎无法真正地认识自己，更无法走向广阔的人生与社会。但愿我们这代人，在年老的时候，视野上开阔一些，格局上宽广一些，为自己，也为社会留下一份精彩。

2013.10.10

童年

我的童年，属于江苏东台黄海边那广袤的滩涂。十几个年龄相仿的小伙伴，整天在旷野中跳房子、拍火花、滚铁圈，在麦草垛中捉迷藏，在小河沟中摸鱼虾。当然，我们最喜欢的还是两军对垒的"碉堡战"：大家在芦苇荡中分成敌我双方，拉开距离用大土块垒起高高的碉堡，然后用小土块向对方发起攻击，"炮弹"像雨点一样，"敌人"一探出头来就会"中弹"，腾起一阵尘雾，跟电影里一模一样。

我在一帮本家兄弟中排行最小，自然"提不上筷子"，平时只能跟在他们屁股后面"混"，被讥笑为"跟屁虫"。由于力气小，实力弱，往往只能打游击，比如说，突然冲上去掐哥哥一把，然后"哧溜"一声逃之夭夭；或者使离间计，比如说，把二哥的玩具偷偷放进三哥的裤兜，然后乐呵呵地看他们吵架。由于喜欢挑事，用家乡话说，就是有事没事地"撩"别人，人送外号"踢不破的赖皮包"。

时间剪影

夏天的晚上，家家户户把门板拆下来，在门口搭上床，乘凉晚会就开始了，数星星，看嫦娥，王母娘娘用金簪划成的银河里，藏着许多童年的秘密。每逢这个时候，大人们喜欢讲鬼故事：一个人走夜路，被一个狐狸精迷住了，走了一夜，兜了好多圈，最后发现自己还在原来的地方；一个人大白天走过"鬼居民点"，突然听到了一阵哭声，回头一看，一个青面獠牙的小鬼"嗖"的一声没了踪影……

爸爸读过书，在大队做会计，整天却念叨着，"熟读《唐诗三百首》，不会作诗也会吟。"我很快学会了"春眠不觉晓，处处闻啼鸟。夜来风雨声，花落知多少"。春夜里在梦中听风声雨声，早晨急急忙忙推门看，果然满地的花瓣，童稚的心里竟然有了一丝触动。妈妈没上过学，口算能力和背书能力却远近闻名，平时，她领着我们兄弟俩比赛那些个加减乘除，或者背诵广播里听来的"文章"。我最喜欢拿学来的东西和妈妈"辩论"，妈妈被纠缠不过，常常掉下脸来骂。那时，露天电影一年看不了几场，我们经常聚在收音机旁，收听《岳飞传》《杨家将》，再后来有了唱片机，《珍珠塔》《红楼梦》《天仙配》《梁山伯与祝英台》……才子佳人漫天飞，慢慢地，心里似乎有了一些多愁善感。

门口不远处有一个旗杆，早晨红旗升起，伴随着小组长"上工了，上工了"的叫声，大人们三三两两上工了。晚上红旗落下，大人们就一窝蜂地收工了。家里吃的东西很简单，虽然瓜果蔬菜很多，一些家常的海产品也不少，但粮食只能混个饱，三餐主要是玉米，里面还要搭上红薯、南瓜之类。妈妈因为胃不太好，再加上是"一家之主"，偶尔会有一点"特供"，就是玉米饭旁边"插"一点米饭。盛饭的时候，我常常拿眼偷瞟一下，却没有偷过一粒米。当然，妈妈会时不时地根据我们的"表现"来点奖赏。

  小学第一个学期，我得到了人生第一张"三好生"奖状。学期结束的那天，天气非常寒冷，同学们排着队站在操场上。突然，校长报到了我的名字，让我上台领奖。我拖着长长的鼻涕，两手提着总是往下掉的臃肿棉裤，一步步撸着往台上走。在老师、同学的笑声中，我腾出手来害羞地接过奖状。从此，我一路奔着那个由大人们设计的"好孩子"而去，童年渐去渐远了。

2013.05.30

那些微贱的小伙伴

一直以来，我很想为我过去的岁月中几只小猫小狗写下一点文字，但迟迟动不了笔。我曾经担心写些"阿猫阿狗"会在一些清高的文化人面前贻笑大方，然而，更确切的原因是我在感情上还没有做好准备。现在，我贸然下笔，心里忐忑不安，我苍白的文字能对得起那些可爱的精灵吗？

"嘟嘟"

两三岁的时候，正是我跌跌撞撞地走路、整天趴在地上玩的年龄，妈妈不知从哪儿抱来一只小狗，现在的我已经记不起来它究竟长什么样子，但这一点也不妨碍我对它的回忆，遥不可及又近在咫尺。刚学说话的我叫它"嘟嘟"，也就是一个奶名，它还没断奶，就离开它的妈妈来到了我们家里。"嘟嘟"的到来，很快打破了我和哥哥之间的"战略态势",哥俩总感觉对方就是敌人,只有"嘟嘟"才是自己最亲密的朋友。这样,它很快就成了我和哥哥争夺的宝贝,也成了我和哥哥矛盾妥协的纽带。

20世纪70年代初,是一个物质极度贫乏的时代,家里只能勉强糊口,但我们总是把最好的东西送给"嘟嘟"吃,宁可自己饿肚子,忍受着极度的"馋"。我们搞不懂自己就是"人",是比狗高级的"动物",只是觉得"嘟嘟"和我们本来就没什么区别,甚至地位更高。每次只要它对哥哥好一些,我就会很嫉妒,哥哥同样如此。我们哥俩经常互相抢东西吃,而"嘟嘟"从来不抢,总是懂事地待在一旁静静地看着我们。当然它根本不用抢,我们总是争着把从对方手上抢来的东西送给它。"嘟嘟"实在是个懂事的乖孩子,整天陪着我们玩,捉迷藏,比赛"爬行",形影不离。不过,更多的时候,我们哥俩想甩开对方争夺"嘟嘟"单独和自己一起玩,而"嘟嘟"总是注意分寸,和哥哥玩一会儿后马上会乐颠颠地来到我的身边,如此反复,原来它这是在"搞平衡"。但我们哥俩总是贪心,都想打破这种"平衡",为此经常拳脚相加,每当我俩闹得不可开交,"嘟嘟"总会忙不迭地走上来,一会儿咬咬哥哥的裤脚,一会儿又跑过来舔舔我的脸蛋,直到把我们劝开为止。

这样的日子不长,妈妈心疼我们,就在一天深夜偷偷从我们身边抱走"嘟嘟"连夜送给了东边潘堡河上的一个女人。第二天醒来的时候,我们发现"嘟嘟"不见了,好像立即明白了什么,马上就和妈妈哭闹了起来,哥俩终于一条心地轮番上阵逼着妈妈交出"嘟嘟"的下落。妈妈似乎很快后悔了,但就是不敢承认。在没有"嘟嘟"的日子里,我和哥哥很快成了"死党",一同耐心地打听"嘟嘟"的下落,终于有一天邻居偷偷把真相告诉了我们。那一天,听说那条渔船来了，得着消息的我们哭喊着"嘟嘟"的名字沿着那条大河追赶着小船，隐约间似乎听到了"嘟嘟"的叫声。我们疯狂地沿着河边一直追了几里路，河边的荆棘把我们身上刺得鲜血淋漓，可那条小船越划越快，很快就消失在水茫茫的远方。我们恶毒地诅咒着那个女人，眼巴巴地看着那条小船带着"嘟嘟"不知流落到什么地方。

"嘟嘟"从我们身边彻底消失了，它留给我们的是童年苦涩中相依为命的体贴和善良。共同带着对"嘟嘟"的怀念，回忆着它的一举一动，我和哥哥站到了同一个"战壕"里，关系很快升温，整天"粘"在一起，互相关心谦让。我们觉得只有这样才能对得起离去的"嘟嘟"，好像它的一双眼睛总在一个遥远的地方天真地看着我们。

"姑奶奶"

童年随着"嘟嘟"的离去很快就过去了，我们都步入少年时代，家里的境况也好了一些，基本做到了衣食无忧。这个时候，外婆送我家一只猫。这只猫在家里待了一段时间后很快就完全成了家庭成员，还显得很"摆"，每天吃饭的时候，它都会像人一样准时坐到长凳上，和我们一起吃饭。妈妈总是夹最好的菜给它，而它总是心安理得、宠辱不惊，颇有大将风度，由此我们戏称它是"姑奶奶"。它不像一般的猫那样总是追着主人撒娇，走路时遇着我们也就是停一停、看一看，不卑不亢的样子。它不像一般的猫那样总是毫无遮掩地表达对鱼肉的强烈爱好，每次在妈妈拾掇鱼的时候，它总是静静地坐在旁边，甚至都不多看几眼，只有在烧好之后夹给它才慢条斯理地吃下去，一副雍容的风度。它也不像一般的猫那样整天窜东窜西、飞檐走壁地闹腾，常常在吃饱了喝足了之后静静地睡上一觉，然后就慢慢地在家里到处走走"视察"一番，整个一个"大人物"的派头。

由于"姑奶奶"只和妈妈亲，妈妈也把它当作了宝贝，甚至常常用它的"事迹"教育我们，要我们向它学习。我和哥哥感觉受到了冷落，更有点嫉妒，便经常搞点恶作剧捉弄它：有时拿起一条鱼送到它嘴边待它要吃时突然拿开，有时它走在路上我们会突然从身后狂叫一声吓唬它，有时它坐在长凳上我们就猛地扭动一下身子把毫无防备的它摔下去。看到它受到捉弄后尴尬的样子，我们都特别开心，可惜它总是不急不恼，是那种"大人不计小人过"的神情。

"姑奶奶"绝对是逮老鼠的能手，每天夜里它总是兢兢业业地守候在各个角落里，每一只老鼠都无法逃过它的眼睛，出手麻利而低调，不像一般的猫逮老鼠那样宣扬得要让全世界都知道，这样，家里的老鼠很快就灭绝了。妈妈叫它到邻居家帮忙，它很快也把邻居家的老鼠消灭一光，邻居很感激，常常拿出最好的东西招待它，而它总是扭头就走，不忘回家吃饭，那种神情好像在告诉别人："区区小事，何足挂齿！"这样，"姑奶奶"很快赢得了左邻右舍的尊重，大家都争相把它请回家逮老鼠，它也总是在妈妈的首肯下有求必应。

好景不长，一天，"姑奶奶"突然失踪了！我们失魂落魄地找遍了整个村子也没发现它的影子。时间在煎熬中过去了两个多月，这一天，妈妈正在门口洗衣服的时候，突然发现一个东西正挣扎着从门前的小路上向家里挪动，定睛一看，原来是只猫，那不是"姑奶奶"吗！短短两个月，它已瘦得不成样子，两只后腿血肉模糊，见到妈妈，眼里闪过一丝放松兴奋的神情，嘴里呜咽着撒起娇来。妈妈一把把它搂到了怀里，赶紧为它包扎伤口，再夹上它喜欢吃的东西，可惜它已经不能吃了，第二天就死了。后来才知道，"姑奶奶"原来是被几十里外的一个小商贩偷回家的，怕它逃跑，那个小商贩用绳子把它紧紧地捆在家里。一开始它就是不吃不喝，整天就是狠狠地瞪着那人，再后来，它简单吃点东西活命，终于有一天它咬断绳子逃了出来，可两条后腿已经化脓生蛆，它只能在地上一步步挪着往前爬。就在这条长长的路上，不断有人试图把它带回家，可它保持着警觉，一有人来就拼命咬，硬是一步一个血印地爬回了家。我们不知道它怎样认清回家的路，我想，它临死前一定是幸福而满足的。

"姑奶奶"在我家前后生活了大概有好几年，它似乎在我们少年的心中创造了一个别样的境界，那是一种很奇怪的感觉，觉得它是一个长辈，或者就是一个敬重的榜样。妈妈有时也说，"姑奶奶"可能让我们学会了怎样做人。我知道，它让我们明白了自尊、宽容和很久以后才理解的气节。

"花龙"

转眼间就到了80年代中期，我长大了，上了中学，学校在七八里开外，每天起早贪黑。我是学校师生们宠着的"尖子生"，心里有清高有抱负又有苍白和脆弱。生活好像一下子走进了新境界，但又时时感觉着困窘和无奈。这个时候，家里养了一条狗，名叫"花龙"。它显得很不安分，热情而"凶狠"，是那种爱折腾的家伙。我有时把它当作伙伴，有时干脆拿它当作出气筒。

"花龙"本是邻居堂哥家养的狗,只是在和我混熟了之后,完全把我当成了主人。"花龙"对我很好,那时候,我上学很辛苦,每天上学时它总是把我送到半路上,放学时又追出去几里路带我回家,一路欢腾。开始时"花龙"总想方设法要跟我到学校,被我狠狠教育了几次后改过来了,每次送到分手的地方会依依不舍地回家,一到放学的时间,它会循着声音追出去几里路接我。走在路上,它绝对不允许别人靠近我,生怕别人欺负我,寸步不离地保护在我身边。有时候,我放学晚了,"花龙"总会按时来到半路上坐下来等,如果实在太晚了,它会禁不住来到学校,有点怯生生地来到我的教室前等我。"花龙"显然比别的狗更有天赋、更有爱心,这让不少同学嫉妒,也是我的自豪。只是有时候,我会突然感觉它"迂"得很,干脆恶狠狠骂它一顿,而它总是顺从地耷拉着脑袋。记得那个时候,我有时会显得不合群,对旁人总是爱理不理,对家人也没什么好脸色,而"花龙"总是不厌其烦地陪在我身边,我心情好时就逗它玩玩,不好时就凶巴巴地拿它出气,而它总是不急不火。

"花龙"绝对是属于"愚忠"的那一类,对家人热情、调皮而忠心,甚至连家里的鸡鸭猫羊都是它重点保护的对象,一点也不含糊。但对邻居的家禽家畜甚至是人总是"恶狠狠"的样子,有时甚至偷吃邻居家的鸡鸭,还常常追咬从门前走过的邻居。由于有了坏名声,邻居家丢了鸡鸭什么的,总是把账算到这个"坏小子"的头上,不容分辩。记得它每一次犯了事之后,我们都非常严厉地教育它,有时甚至是棍棒伺候。我们看它的眼神,有时是不服气的样子,有时甚至还想抗议,但每一次都被毫不留情地镇压下去。当然也有真相大白的时候,"花龙"其实已经改正了许多,好多时候其实是被冤枉了，但哪轮到它分辩呢？

由于"花龙"名声很坏，终于引来左邻右舍的强烈抗议，最后被打狗队打死了。至今还记得它被打死的那一刻，几个打狗队员拿着铁棒一步步围上来，它知道情势不妙，眼里闪着泪花向我求援。然而，我只是退避在一旁，嘴上抗议了几声，就眼睁睁地看着它被打死在地上。

在我的印象里，"花龙"是从来不会哭的，那一刻的眼神总是留在我的记忆里，让我痛苦愧疚。我知道，如果换一个位置，"花龙"一定会拼着性命来救我的。"花龙"是一只有争议的狗，是那种缺点和优点都十分鲜明的狗，有时会让我们感动得不知怎样才好，有时又让我们恨得咬牙切齿。现在想起来，"花龙"显得那么率性真实，在它的反衬下，我益发显得自私、虚伪和怯懦。

"小淘气"

我们那代人在那个时代注定要做出某种牺牲，其实也是一种弯路，初中阶段最优秀的学生一般都上了中师。中师毕业后，我在家乡教了几年书，转眼就到了90年代中期了，越发体会到那不是我人生的方式，考研成了唯一的出路。在复习迎考的时间里，家里养的一只小猫给我孤独郁闷的生活增添了亮色。这是一只灵动淘气的小猫，它总是把我压抑的时间调节得恰到好处，充满生气。我亲切地叫它"小淘气"。

"小淘气"当然是淘气的，它常常在家里的每一角落里自己折腾，一个线团、一块石子也能让它兴奋半天，不厌其烦地抓来抓去，腾挪闪躲。这当然与一般的猫没什么区别，"小淘气"还有它的过人之处。在辛苦复习的日子里,我每天都要跑步,而"小淘气"总是陪着我跑:有时领跑;有时跟跑;有时一溜烟跑到前面躲起来捉迷藏,待我跑到旁边时突然冲出来想"吓"我一跳;有时干脆连跑几圈后坐到前面等我,待我跑到跟前时再用爪子挠挠我,让我跟上。"小淘气"在我看书很紧张的时候,就默默地待在一旁,一点声音也没有,连呼噜都不打,不过在我看书时间太长时,它就轻轻走上来用头拱拱我的腿。深更半夜,它会静静地走到我的房间,用它那温暖的身体轻轻磨蹭我的双腿,有时干脆爬到我的书桌上,静静地坐到我的书本上。我知道,它这是在提醒我注意休息。

赶考的那天早晨天气非常寒冷,我心里一片苍凉,满腹走上"刑场"的悲壮。我瑟瑟缩缩地系鞋带,可一时间就是系不上。没想到"小淘气"突然从角落里窜过来,一下子扑到我鞋子上,用它那软绵绵的爪子帮我托起鞋带,直到我系上为止。然后看了我一眼,一溜烟就跑了。那一刻,我的心里分外温暖。在考完试回家的路上,我放松的心情里装着的全是它,我要告诉它我哪些地方考砸了,哪些地方发挥出色,我要让它分担我的惴惴不安和那一丝希望。另外,我有时间了,一定要好好陪着它玩。然而,等我回到家,妈妈告诉我,它失踪了!"小淘气"就这样永远从我的生活中消失了,连一声招呼也没有。

考研是一段艰难的日子,是我遭遇的严峻考验,在繁重的复习外,关键还要应付各种各样的事情,经受很多尴尬,内心的压抑和寂寞是无法言说的,"小淘气"成了我孤独无依时最好的安慰,是那种相依为命、惺惺相惜的感觉。我常常感觉它就在某一角落里等着我,是那样的亲切和伤怀,我甚至感觉我的一点点成绩也是为了报答它的默契。患难之交的"小淘气"在我的记忆里是一阵温暖的风,是一种从心底里透出的牵挂,正是这种牵挂让我的生活显得蕴藉而温润。

2006.05

哪一个身影，就是当年的自己呢

我 1999 年从南大毕业后去《新华日报》工作，平时的工作或生活与母校有着这样那样的联系：新闻采访，约稿编稿，或者组织这样那样的座谈会、研讨会、联谊会。交往圈子大都与母校有关，一桌人坐下来，一介绍，全是校友，气氛便亲切起来，说话不再正儿八经，彼此说说笑笑，家里人的样子。

我和哥哥同校同系，只是比他晚两届。那年，我刚入学，和哥哥一前一后去资料室看书，50 多岁的管理员阿姨看着学生证纳闷，把哥俩叫到面前，左看右看，一脸慈祥，原来，她也姓贾。从此，我俩看书就不用带学生证了，贾阿姨还经常忙不迭地帮我们查资料，偷闲总要聊上几句，问寒问暖。

我住 18 舍，哥哥就住旁边的 20 舍，我经常往他那儿跑，从这个宿舍晃悠到那个宿舍，和一帮师兄斗斗嘴，常常是不依不饶的样子。有师兄喜欢"算命"，拿出一本易经来，把我的生辰八字颠过

时间剪影

来倒过去地"掐"上半天,然后告诉我,是"讼"卦,也就是"好斗",容易惹官司!不过,那一次我坐在哥哥床前看书,光线不太好,一位我不认识的师姐坐到面前就聊上了,仿佛有点"那个"的意思,她显然把我当成了哥哥,我不好戳穿,温文腼腆地聊了个把小时。师姐走后,大家哄堂大笑,说,这个时候,你怎么就不"讼"了?

那个时候,我和班上一大帮同学大多有"好吃懒睡"的毛病。每天下午4点半钟就和同学挤到食堂的窗口前,眼巴巴地等着"小炒",也就是那种小锅菜,一般五六元一份,是最大的奢侈,吃起来很享受。食堂师傅很快熟悉了,看到我们,脸上戏谑地一笑,不忘多加一勺菜。"好吃"的同时当然还伴随着"懒睡",常常一觉到了中午,睁开眼一看,一个个还在打呼呢。宿舍好像从来没有打扫过,时间一长,就成了"垃圾堆",管理员叔叔一边"抱怨",一边忙不迭地帮着拾掇。有一次,研究生会实在看不下去,组织宿舍卫生评比,郑重其事地来检查,来我们宿舍敲了半天门,愣是没打开,我们一个个还在床上睡得好好的呢。没想到,几天后,研究生会通知我们去拿奖状,我们确信这一定是寻着心思挖苦我们,打了几次电话也没理这个茬。没想到,几天后,人家自己送过来了,红底黑字,真是一块正儿八经的"卫生先进宿舍"奖状!

那个时候,下午和晚上的很多时间其实是泡在图书馆里的,两点一线的生活,脚步是匆匆的,总有查不尽的资料,看不完的书,写不完的文章。也常常在学术报告厅里听讲座,不少的名人,一拨一拨的,我们呼啦啦的一大片,似乎有朝圣的感觉,当然也不忘"挑刺"。这样,我们不知不觉间有了书生气,走在大街上,人家抬起头来一看,活脱脱一个知识分子的模样。平时的交往圈子并不广，但心底里的浪漫情怀总在滋滋生长。我们经常会拿出一段时间在校园里慢悠悠地散步，某一处的路上，看到一位漂亮而清新的女孩，分明是诗歌里或者梦境中的姑娘，忍不住"若无其事"地跟在身后，只为了一种美好而缥缈的情愫，而那种遥不可及的疼痛感觉似乎一下子提纯了，终于在那一刻化作绵长的情怀，留驻在不知名的心底深处。

经常去母校，想停下来慢慢走走，却有点近乡情怯的意味。有一天，突然想起来，住了几年的宿舍，一次也没回去过，不知当年的管理员叔叔是否还在，这么多年来，多少学子住进来了又搬出去了。这样在心里掂量掂量，一时间有太多的感慨，几年的青春岁月，曾经在这里度过，而一恍惚的瞬间，时间已经悄悄翻过了数年。

"今天我以南大为荣，明天南大以我为荣。"当初看这句话，似乎觉得有点功利，少了一份雍容，现在回味起来，倒有一份亲切与质感，骨子里的"精英意识"一下子泛起，生怕有所怠慢，尤其是心里彷徨的时候，突然间就有了温暖和皈依。这样，在生命最迷茫的那一刻，母校总是在心底最细腻的地方停留，哪怕是一秒钟，也眷恋成永久的回味，而心底里的荒芜，一下子充满了生机。于是，很多时候从学校里走过，看甬道上一群群的学弟学妹，常常想：哪一个身影，就是当年的自己呢？

2008.05

居无定所

当我写下这个题目时,那些清晰而飘忽的岁月会执着地纠缠着我,我怀疑自己是脆弱,或者是矫情。

"就是这间房子,空调是原来就有,我们就不拆了!"这是1999年的夏天,刚从学校毕业来到报社,单位给我们安排租住的宿舍,后勤主管意外看到房间里居然还有空调,不无遗憾又大度地对我们说。我们都心存感激,那一年正好赶上房改,意味着单位不可能分配房子,能安排一间宿舍就是格外开恩了。这是一家剧团的办公用房,前面有非常宽阔的封闭阳台,一点点光也别想透进来,整天暗无天日,公用的洗手间从来都是人满为患,每时每刻都是臭气熏天。这台空调其实只是摆设,一拨开关先是狂吼然后跳闸断电。住在这样的房子里倒没什么,因为和学校宿舍似乎没什么两样,况且这里倒是非常安静,正好适合看书、睡懒觉。不过,大概有一年的时间,我仍然住在学校师弟们的宿舍里,每晚看《大话西游》

《暗恋桃花源》等影碟，一大帮人整天闹哄哄的，我喜欢这样的气氛，似乎割不断和学校的联系。不过，为了早日找到融入社会的感觉，一年后我还是回到了自己的宿舍。

在这个宿舍又住了一年后，单位把我们搬到了报社的集体宿舍。那是一栋临街的筒子楼，阴暗的楼道中堆满了煤气包，每次做饭时间，锅碗瓢盆的声音和夸张的油烟会无孔不入地侵袭每一个角落。这些我似乎还能忍受，我最受不了的是窗外每时每刻的车水马龙，它们凶神恶煞般地扑进来，狂热地刺激着我的神经，让我没有片刻的安宁。住在那儿的两年时间里，我几乎没有睡过安稳觉，我常常在深夜给朋友打电话诉说自己的"不幸"，我会把话筒伸到窗口，让对方分享那一刻的"兵荒马乱"，每次都会听到朋友幸灾乐祸的笑声，当然还有我自嘲的笑声。

我居无定所，我知道这些其实只是社会的一个缩影，并非特意亏待于我，况且，比起这个社会中许多困顿的人来说，我毕竟还算得上有些着落。只是割不断的红尘和那个彼岸世界拉扯着自己，我在这个城市的喧嚣中低调地生活，又在心里埋藏了太多的超越感，那么，该怎样安顿飘忽的灵魂？那一段时间，我突然对买房充满了狂热，有孤注一掷的悲壮，尽管自己一贫如洗。我骑着一辆破车，几乎走遍了城市的每一个角落，我要有一个房子，那是一个安宁的地方，让我可以远离这一切，躲避这一切。然而，我挑选了无数的小区也没能如愿，一方面，房款对我来说是天文数字，另一方面，我越来越怀疑：一个房子真能让我找到归宿感吗？

就这样，我仍然住在这个集体宿舍里，尽管度日如年，但生活或许就是忍受，人就是这样，希望越是遥不可及越感觉真切。这样一转眼，时间就过去了。但马上面临的一个现实问题是，我走进了"大龄青年"的行列。我想，该好好谈谈恋爱，说不定能让我在无措中找到一线生机。然而，我又是天真了，"爱情"这个东西在这个时代早已支离破碎，它到底是一种感觉，还是一种宿命，甚至于就是一种任务？我陷入这些概念中就是不可自拔，就是走马灯般的恍惚。我也知道告诉自己，其实就是首先把自己安顿下来，这与"爱情"无关，这就是人生的一部分。我甚至于还警告自己，就是这么回事，没有那么多的因为所以。但命运似乎注定了我总是在边缘晃悠，容不得一点通融。

先租一个房子住着或许是失落中的逃避，最起码也是缓冲。那段时间，我频繁出入房产中介，整天奔波着，不厌其烦。经过很长时间的波折后，终于租住到北京西路颐和小区，这里曾是民国的使馆区，我住的是一个破落公馆中的一个小套间，那种内敛和落寞的气质似乎一下子抓住了我。我想，或许这里的短暂时光能让我找到一种"感觉"，最起码也是一种沉思。然而，我很快失望了。这个院子里搭建了几栋简易的违章平房，生活着几户人家，几个小媳妇常常在我的睡梦中扯着嗓子闲谈着家长里短。后面则是一家生意很好的饭店，每天都是灯红酒绿、油盐酱醋的喧嚣，直到深夜才会有片刻的安宁。这些都与我的心境有着强烈的反差，曾经不少次从睡梦中惊醒，我突然不知道自己究竟身处何方，恍惚中琢磨半天才能缓过神来。这样的时刻是让人绝望的，居无定所的折磨就是这样如影随形。想起十几年前我走上工作岗位后，住过简易校舍，住过透风的危房，曾经几个人挤住一间，也曾经和同事争抢宿舍，这个时候回忆起来，蒙太奇般就在眼前。这样，我似乎一下子清醒了，漂泊或许就是自己的宿命。

在居无定所中，我常常显得多愁善感。每一次换住处，当时间慢慢临近时，那种留恋之情会越来越浓郁。记得从单位的第一个宿舍搬出时，我请同事帮我拍了不少照片，不时有些伤感。而从集体宿舍搬出时，那些喧闹的声音一时间竟然变得亲切起来。同样，每一次到了一个新地方，心理上总会有些排斥。记得搬进这个房子时，我很长时间缓不过神来，眼前全是沧桑。这样想着，还是应该有一所自己的房子，相对稳定下来后，最起码可以摆脱这些离别的煎熬。

  2002年的时候，终于在龙江看好了一个房子，石头城的对面，就在长江和秦淮河之间，对命中缺水的我来说，这是一个好的安排。而且，这里是南京知识分子最集中的地方，这样的氛围让我找到某种亲切感。不过面对每月两三千的还贷压力，尤其是考虑到人生还充满各种变数，犹豫再三后，还是放弃了。而随后的两年中，房价疯狂地上涨，我坐不住了。朋友也劝我说，还是要买个房子，这毕竟是大事，或许能给自己带来某种契机。要知道，人生往往就是由这种契机带来起色。我于是下定了决心，可挑来挑去还是走进了那个小区，同样的房子，只是价格已经上涨了两千多，不过我还是在开发商的"威逼利诱"下把它买下来了。这样，我工作几年的辛苦一下子被涨价销蚀一空，开发商还兴致勃勃地把我的"事迹"写进了广告。

  2005年拿到房子后，我去看过几次，却总是找不到感觉，仿佛那与我无关。同一栋楼里的住户陆陆续续地开始装修，可我没有激情。每当有人催我装修，我都感到尴尬，不知道说什么才好。这个时候，我仿佛一下子明白了，对一个漂泊的灵魂来说，再好的房子也是无法安顿的。

2006.06

世间冷暖

钟点工陈阿姨

15年前,陈阿姨从老家洪泽来到南京,做起了钟点工。她和老伴赵大叔住在颐和小区珞珈路一个临时搭建的小房子里,这一住就是15年。她的第一个主顾就是珞珈路的这户人家,当初,这家的孩子还是个小不点,转眼间上大学了。陈阿姨看看这孩子,有一些感慨,仿佛看着自己的孩子一样,而这孩子,也早已把陈阿姨当成了自家人。这么多年来,一碗一勺、一饭一汤,陈阿姨和这户人家分不出个彼此了。

15年来,陈阿姨一直做保姆、钟点工,一般同时服务五六户人家:莫愁湖、草场门、新街口、中央路……她骑着一辆电动车连轴转,早晨5点出发,晚上8点回家,时间掐成分分秒秒,没有迟到也没有早退。酷暑寒冬,或者刮风下雨,枝头的第一抹绿意,或者第一片飘落的叶子,这些,陈阿姨都没有注意过。陈阿姨牵挂的是每家每户的吃喝拉撒:拖地板、抹桌子、刷碗、做饭,照顾小孩、伺候老人、料理病患……

  时光一天天流逝，在锅碗瓢盆的叮当声或者灰尘污垢的纠缠中，陈阿姨一点一滴的生活都在平静中度过。正因为有了这种平静，每一件家务活在陈阿姨手里都会显得一丝不苟，她常常迎着亮光，仰着脖子端详一只刚刚刷过的碗，或者侧着身子用手指尖在窗玻璃上使劲抹上几抹，在出门之前，她总要蹲下来，瞄着眼看一遍刚刚拖过的地板。

  在洗洗刷刷的忙碌中，陈阿姨经常会发现这家的水龙头或者那家的抽水马桶、热水器什么的坏了，有点心疼，就把电工出身的老伴赵大叔拉过来修理，主家每每过意不去，要付费，陈阿姨有点不好意思地谢绝了。慢慢地，大家都养成了习惯，家里有什么问题了，一个电话打给赵大叔，就是装修新家，也要拉上他做监工。

  这么多年来，陈阿姨的主顾其实没换过几家，有几家一做就是15年。莫愁公寓的一户人家，搬了几次家，越搬越远，还是缠着陈阿姨。龙江一户人家，早些年换了一个又一个钟点工，遇上陈阿姨后，再也不放手了。鼓楼那户人家，陈阿姨长年照顾一个老太太，去年，老太太过世了，临死前，拉着陈阿姨的手，要她答应以后一定还来家里做保姆。

  我前几年住在珞珈路，那是一栋民国别墅，院里种着这样那样的花草，只是生活或者事业上的不如意经常淡淡地缠绕着自己的情绪，有自命不凡也有多愁善感，与生俱来的懒散便一点点铺开来：皱巴巴、脏兮兮的衣服稀稀拉拉随处可见，十几双袜子一天扔一双，遍布房间各个角落，吃饭后的碗筷一天天累积在厨房里，常常发了霉。

  日子过不下去了，便找到陈阿姨，虽然腾不出手，但她还是答应帮忙，不定期地上门为我打理家务。这样，我的生活就全交给陈阿姨了：洗衣服，刷碗，叠被子，清理永远凌乱的书桌。她默默地把内衣、袜子和外衣一件件拣出来分开洗，有时就拿回自己家里洗好，晾干，再一件件叠起来，待我晚上回来后送给我。那些发霉的碗筷很难处理，她从家里带来消毒液，按照说明书上的要求，泡上一段时间，再一个一个在手上用力抹。那床我从没叠过的被子，陈阿姨抱到楼下的院子里，拉上一根铁丝，暴晒一番，用力拍打拍打，然后拿回来叠好。至于书桌，那台电脑，或者那一片狼藉的书刊报纸，陈阿姨不去动它们，只是踮着脚拣着空档抹去桌上的污垢，再低下头，用力把灰尘吹散。

  我常常睡懒觉起不来，陈阿姨早晨悄悄走进来，蹑手蹑脚地收拾，生怕吵醒了我。其实，很多时候，我已经醒了，但还是装着睡得很香的样子。朦朦胧胧中我听着家里细微的锅碗瓢盆的叮当声，陈阿姨的身影，就在一缕初升的阳光里，一会儿清晰，一会儿模糊。我想象着，走过 50 多年岁月的陈阿姨是否有过爱恨情仇，或者，陈阿姨是否有过大喜大悲？这个时候，我分明看见，时光就在一粒粒灰尘里流逝，而人生，就这样静静地、静静地走过。

2007.10.10

糖粥藕"蓝老大"

走过南京城南仙鹤桥附近双塘路,你常常会在不经意间被一股清幽甘甜的气息所吸引,那是秦淮小吃糖粥藕的味道。千百年来,南京人浸润其间,把长长的日子,过得平平淡淡、有滋有味。双塘路上最有名的糖粥藕店名叫"蓝老大",20平方门面,6张桌子,6条板凳,有着80年高龄的紫铜锅,黏稠的糖粥藕长年累月"嘟嘟嘟"地冒着热气。

58岁的店主人蓝义龙,中等身材,微胖,敦实、憨厚中透着持重,乍看显得有些木讷,却自有一份气定神闲。30年来,蓝义龙每天站在紫铜锅前卖糖粥藕,一站就是10多个小时,刮风、下雨、严寒、酷暑,从没间断过。数十年的老主顾来了,他也只是轻轻一声"来啦?"老主顾坐下,吹吹热气,舀上一勺糖粥藕,"蓝老大,还是那个味!"蓝义龙答应一声"嗯",脸上有一丝不易察觉的满足。

在蓝义龙的记忆中,早在三四岁的时候,他就跟着父亲走街串巷卖糖粥藕，"糖粥——藕！""糖粥——藕！"这样的叫卖声，似乎还在耳边。当年，老城南清一色青砖小瓦，一条条巷子纵横交错，像蜘蛛网一样，人走进去，就像钻进了迷宫。就在这样的迷宫里，蓝义龙呼吸着糖粥藕的气味，慢慢长大，也慢慢品尝着生活的味道。

20世纪80年代，蓝义龙接过父亲的手艺，也接过了一家人的生活。从此，他每天早上5点起床，刨芋头、切藕片、煮糯米、熬糖汁……6点40分左右，糖粥藕就在紫铜锅里嘟嘟地冒着热气了，这时，就有顾客上门了，直到夜里十一二点，他送走最后一个顾客。一勺勺、一碗碗，在叮叮当当声中，蓝义龙打发着每一天的日出日落。不知什么时候起，老城南的青砖小瓦慢慢变成了高楼大厦，弯曲狭窄的小巷慢慢变成了笔直宽阔的马路，他的糖粥藕店也从上浮桥搬到柳叶街再搬到双塘街。这条小街现代气息越来越浓郁，但特色小店依然一家挨着一家，颜料坊、肚煲鸡、推拿馆、典当行、老面馆……精致细腻地调理着老城南的味道。蓝老大糖粥藕店跻身其间，似乎并不起眼，却每天吸引着数不清的人来人往。

蓝义龙估计，他的老主顾有几百人，都是居住在附近双乐园、来凤小区、双塘里小区中的"老南京"，最大的90岁，最小的还抱在妈妈怀里。有的人一来就不走，一碗糖粥藕上了桌，就打开了话匣子，东家婆姨西家媳妇，中国历史世界风云，聊着聊着就是华灯初上。老城南的滋味，默默地与都市的喧嚣区别开来。随着老城南的拆迁，很多"老南京"搬走了，住进了现代化小区，但他们忘不了蓝老大糖粥藕，经常从奥体、龙江、山西路、月牙湖赶来，就为了喝上一碗有着蓝义龙手艺的糖粥藕。

30年来，蓝义龙没有假期，也没出过远门，更没有像那些"老南京"一样，打打麻将、拉拉家常什么的，他在这个糖粥藕店前一直站到了今天。不过，他的身体"一点毛病也没有"，背不驼、眼不花，更没有"三高"。说起这些，蓝义龙有些遗憾，但更多的是自豪。

"糖粥藕里究竟有什么样的文化？"对这个问题，蓝义龙答不上来。他只知道，这么多年来，对父亲传下来的这门手艺，他从来没有"加过水分"，每一道工序，都没马虎过，否则，"老主顾们可不答应"。蓝义龙说，藕都得用老藕，还要去头去尾，米也要选溧水上好的米，煮出来才能不开花不散。当然最重要的是火候，大火煮，小火熬，才能有酥、烂、面的口感。

守着糖粥藕，就是守着一家人的冷暖。蓝义龙说，"3个女儿，一个个要拉扯大，可不是件容易的事，我也干不了其他事情，只能开这样一家小店，一辈子平平安安过日子就够了。"

还有两年，蓝义龙就"退休"了，当然，他所说的"退休"，其实就是可以拿上养老保险了。"到那个时候，我准备把手艺和这个小店留给女儿。"这样说着的时候，他抱起一岁半的外孙女，小家伙在他怀里咯咯地笑着，这笑声伴着糖粥藕的香味越飘越远……

2011.03.24

"鱼老大"王五

春节回老家东台，闲着无聊，在村里溜达，麦田浅浅绿绿，炊烟随风飘散，鸡鸣狗吠断断续续，不知不觉间，童年的身影就在眼前灵动起来，当然，还有那一帮穿开裆裤的小伙伴，"王五子""黄二小""李三儿""陈大头"……母亲说，"你当年的一帮小伙伴儿，有的做了老师，有的当了养鸡大户，有的开上了联合收割机，只有王五子最有耐心，这么多年来一直在摸鱼。"

当年，邻居家的"王五子"是我最好的玩伴。夏天的中午，我每每还吊在桌边吃饭，王五就在门口喊开了，"贾二小，摸鱼去！"我立刻扔下碗筷，乘妈妈还没反应过来，哧溜一下就跑了。

王五是天生的摸鱼高手，一到水里，一口气憋住，转眼就不见了踪影，再从水里钻出来时，手里早已捏了几条大鱼。他一挥手，啪的一声把鱼扔到岸边，吐一口水，"贾二小，拾鱼去！"我应声颠儿颠儿地跑上岸，把那些鱼捡进篮子中。王五摸鱼技术好，再加上稍长几岁,我们心甘情愿地奉他为"鱼老大"。"鱼老大"每天变着法子带着我们从家长的眼皮底下开溜,摸鱼的时候,耐心地指导我们摸鱼技巧,回家的时候,看谁篮里空空如也,他就爽快地从自己篮里挑出几条鱼扔过去。夏天的傍晚,我们一大帮赤条条的"泥猴子"顶着夕阳往家里赶,大概是王五最开心的时候。

转眼间,我们上了初中。人长大了,功课也多了,陆陆续续地都"上岸"了,只有王五,每逢星期天,依然习惯性地招呼我们去摸鱼,这家叫一声,那家叫一声,却没有回应。我坐在房间里,翻看家里给我找来的各种书籍,潘堡河似乎一下子遥远了。透过窗口,经常看见王五一个人提着篮子,讪讪地向河边走去。晚上吃饭的时候,妈妈偶尔不经意地说,今天王五又送来了几条鱼。每每听到这些,我总是平静如水。那个时候,我陶醉于"好孩子"的感觉之中,看到老师、同学赞许、羡慕的目光,心底总是莫名生出"舍我其谁"的豪情。

初中毕业,我就出去上学了,到东台县城,到南京,从此很少回老家。而王五初中毕业后,没有出去打工,也没有做这样那样的"专业户",依然坚持着他的老本行——摸鱼,依然像小时候一样,脸上总是挂着笑容。村里人听到有人哼着小曲,总是习惯地说,"王五又去摸鱼了"。但是,长大了的王五很快发现,摸鱼可不能仅仅满足于丰富自己的饭桌。据说,王五当年第一次卖鱼还不到20岁,他家人逼着他骑上那辆破旧的自行车沿村里各家各户叫卖,王五脸涨得通红,"卖鱼哎,卖鱼哎……"声音像蚊子叫。那天,王五脸上的笑容消失了。

王五很快娶上了媳妇,和一大家族人分了家,单靠摸鱼手头自然吃紧,于是,他和村里的同龄人一样,打工、种地、养鸡、种西瓜……这些活儿王五干得有模有样，可每次时间一长，他还是要偷空去摸鱼。只要提上鱼篓，穿上水衣，王五一下子就来了精神。不知什么时候起，清澈宽阔的潘堡河浑浊了，淤塞了，鱼儿也很少了，王五只能骑着自行车，到远远近近的河沟中摸鱼。而且，现在的鱼儿好像变得越来越聪明，夏天潜到水里，无论你怎么摸索，仅有的几条鱼一下就没了踪影，王五虽是高手，一天下来也常常"颗粒无收"。不过，王五很快得出了经验，冬天尤其是冬天的夜晚摸鱼效果最好，因为气温低，人的手伸到水里，鱼儿会争着凑上来"取暖"。

每年冬闲，别人躲在家里聊天、喝酒、打牌，王五却迎来了摸鱼的"黄金季节"。他骑着那辆咣当作响的破自行车，迎着刺骨的寒风和沉重的黑暗，向方圆十来里外的小河、池塘进发。家乡是黄海滩涂留下的盐碱地，有连绵的芦苇荡，有开阔的旷野，更有枝蔓的小河，但现在都在悄悄地消失。这条河断流了，王五就到那条河，这个池塘没水了，他就到另一个无人问津的水塘。不知道王五如何度过那一个个寂静寒冷的夜晚，他一个人弯着身子静静地站在混浊的水中，双手小心翼翼地沿着淤泥摸索……母亲经常在电话中和我说，"王五子真是不简单，硬是靠摸鱼撑起了一个家，整天还是乐呵呵的。"

大年初一，我一起床就去找王五，仿佛当年跟着他去摸鱼。走到半路，突然停下了脚步，那一刻，我有点茫然，我该如何面对那早已远去的时光，如何面对王五那乐呵呵的笑容？

2012.02.02

"文化人"老刘

"世纪寒流"席卷南下，南京气温降至零下 5 摄氏度。奥体南门环宇农贸市场内，56 岁的水产摊主刘正西站在水洼中，两手不停地捞着鱼虾，水花四溅中，一条条黑鱼、鲫鱼、鳊鱼、草鱼活泼泼地跳动着，老刘浑身上下早已湿漉漉一片了。

顾客慢慢围了一圈，大爷、大妈们穿着羽绒服，围着围巾，呼出的热气在水产摊边腾起一圈圈白雾，"老刘，冷吧？"大家打着招呼，"冷，有点冷。"老刘一脸轻松地应着，"看起来有点冷，忙起来就不冷了！"

老刘这个摊位十多个平方，他和老婆、儿子一起打理，早晨五六点开张，晚上七八点打烊。老刘说着话的这当儿，操起一条几斤重的青鱼开膛破肚，鱼下水哗啦啦地往地上掉，几片鱼鳞溅到他的脸上，再加上眼神中隐约透出的一股笑意，便有了一种喜剧感。老主顾们打趣道，"老刘，赵本山不干了，你到春晚演个小品吧！""老刘，这几天有没有藏下私房钱，别被老婆发现了！"老刘呵呵地笑着，悄悄指指旁边正忙着卖虾的老婆，一本正经道，"嘘，小点声，隔墙有耳。"说笑的时候，老婆吴英莲时不时拿眼朝这边瞟一瞟，嘴角飘过一丝不易察觉的笑意，一点点揶揄，一点点得意。

老刘生于1960年，安徽安庆人。当年，他是村里的"学霸"，数理化班级第一，只是因为家庭成分不好，高中毕业后没机会读大学。当年，吴英莲是村里的"村花"，不少小伙子打她的主意，她都看不上眼，看中当年的小刘，是因为人家是个"文化人"。在大家的哄笑声中，吴英莲用手指戳戳老刘的鼻子，"当初看走了眼，要不然谁会看上你！"

4年前，老刘摆起了这个水产摊。在这之前，老刘摆的是水果摊，"像伺候大爷一样，防生虫，放腐败，卖不出去，一箱梨就烂在手里了！"不过，等老刘伺候鱼虾的时候，发现这是更难对付的主儿，"水温高了也不行，低了也不行，水太清了也不行，太浑了也不行！"不过，老刘毕竟是"文化人"，几本书读下来，这些都不是问题了。

但有一个问题，老刘解决不了，那就是双手整天泡在水里，很快就苍白、浮肿、溃烂，再加上时不时被鱼刺刺伤，一双手布满了伤痕和皱纹，慢慢地，一双手又变成了粗糙的树根。"如果戴塑胶手套，两天得一副，5元钱就花出去了。"老刘想想舍不得，两年多的时间里，坚持光着手抓鱼，"不过，现在我舍得了，你看，我戴上了手套！"当然，老刘说，戴手套还是解决不了问题，不仅闷，还容易破，一个小眼儿水渗进去，手更吃不消。另外，卖鱼的时候，活鱼有没有精神，成色怎样，都要亲手摸摸才知道。他脱掉手套,熟练地从水里抓鱼,轻轻捏一捏,"这条是野生的,这条就是饲养的;这条很有精神,这条快不行了。"在分工上,老刘让老婆负责收账、扫地、做饭,就不用亲自到水里抓鱼了,他说自己算是个疼老婆的人。

前两年,老刘负责进货,每天夜里一两点钟起床,骑一辆三轮摩托车到十几公里外的江宁进货。这种车"浑身敞亮",冬天的时候,风一股脑地往骨头里钻,手脚很快冻僵了,一不留神就会出事故。这两年,儿子代替老刘负责进货,而且开上了小面包,虽然破旧,总算兜住了风,"车里没空调,这种天还是很冷的。而且,年轻人嘛,爱睡懒觉,但他每天到点了一激灵就起床了。"老刘轻描淡写地说着,看看一边忙着的儿子,眼神里显得格外柔和起来。

老刘说完了儿子,重点开始唠女儿。"27岁了,去年还没男朋友,把我们急得,最近好像有了!"老刘说,"女儿随我,读书灵光,高中上的是我们县里最好的省级示范中学!物理、化学,在班上经常考第一。人家上的是正规大学,学的是机械设计,现在春能集团工作。"聊到得意处,老刘顾不上生意,停下了手里的活儿,"性格也随我,这么大的姑娘在家里,我们老两口无论说她些什么,从来不顶杠,而且笑呵呵的,不急也不恼!"如今,老刘一家人在南京油坊桥租了一个70平方的房子,儿子娶了媳妇,还给他添了孙子。谈起孙子,老刘眉飞色舞起来。老婆很响亮地咳嗽了几声,老刘手脚麻利地拾掇起来。

转眼到了中午,老婆放下了手里的扫帚,按下电饭煲热饭。摊位中间一个小平台,放着几个碗,一个玻璃瓶里,装着一些霉豆,老刘又到隔壁摊上买了一点花生米,夫妇俩站在台子边吃了起来。这样一顿饭,人均两元钱。儿子每天中午回家吃,老刘解释说,

"儿子回家做一点好吃的，年轻人嘛，要加点营养，中午再补个午觉！"

老刘这辈子，做过很多事，一开始做木匠，后来贩毛竹，再后来在村里搞起了收割机。如今，水产生意做得风生水起。不过，他开玩笑说，很想买一艘巨轮，在长江上到处跑。"样样都精通，床上没絮被。"老刘引用家乡一句俗语，"做事情不能到处挖井，如果样样都干，那就什么也干不好。不如精通一样，再好好干下去。"老刘挠挠头，背出了一句至理名言："人生如逆水行舟，不进则退。"

那么，卖鱼有什么诀窍呢？老刘清了清嗓子说，就是把自己和顾客"换个个"，"对了，就叫'换位思考'，这样生意就好做了！"不过，这段时间以来，老刘还有一件烦心事，那就是前段时间因为摊位纠纷，他到法院咨询一些情况，一位工作人员不耐烦地指责他，"法院是你家开的啊？！"老刘后悔当时没有把这句话录下来，他要讨个说法，"到底是谁当家做主，法院到底是谁家开的？！"

说到激动处，老刘站起来打起了手势。旁边的顾客听得兴起，高声问老刘，"那你说说看，你家是谁当家做主呢？"老刘再次清了清嗓子，"当然是我了！"老婆又咳嗽了一声，老刘补充道，"小事情都归她管，不过，大事情还是我拿章程。"老婆突然提高了嗓门："我们家就摆个鱼摊，能有什么大事？！"

2016.01.21

康复师"妈妈"

推开听力康复中心大门,一大群孩子蹦蹦跳跳扑过来:"妈妈""妈妈"……或清晰,或模糊的声音,陈卉听起来像音乐一般。摸摸这个孩子的头,拍拍那个孩子的脸:"呀,小敏,今天穿得真漂亮,乖!""小珂,看着妈妈,说,妈妈,妈妈,对,就这样,真聪明!"……

"妈妈!"12年前,3岁多的小冰玉第一次清晰地发出这样的声音,陈卉惊呆了,时间凝固了。突然,她疯狂地把女儿抱进怀里,眼泪倾泻而出。

1992年,陈卉如愿生下一个女孩,取名冰玉,漂亮、浪漫的陈卉深信女儿长大后冰清玉洁、亭亭玉立。到11个月时,陈卉发现这孩子与别人家的孩子比起来太安静,不过,在她眼里,小公主是天下最好的孩子,能有什么问题呢?那天下午,阳光灿烂,陈卉和丈夫带着孩子走进儿童医院,她祈祷着,像等待宣判的犯人。两个小时后，医生告诉她，孩子的诊断结果是"极重度耳聋"，听辨力是 100 分贝左右，在起飞的喷气式飞机旁，孩子听起来像蚊子在叫！那一刻，陈卉的天塌下来了。

整整 3 个月，她把自己关在家里，整日整夜抱着女儿哭。自责、自卑、自怜，负罪感、疼痛感、绝望感一起袭来：孩子的未来怎么办？命运为什么对自己不公？她想抱着孩子从楼上跳下去，一了百了，是孩子无辜的眼神让她醒悟过来。陈卉开始拼命为孩子治病：414 医院、人民医院、中医院，吃药、针灸、按摩，甚至山西偏方药丸子，乃至迷信地用蚕丝贴在孩子下巴上，再挂上一块磁铁。

医生提醒，孩子一岁左右语言训练很重要，要利用小冰玉残存的一点点听力，立刻进行康复工作。于是，漫长艰辛的训练过程开始了。她利用一切机会发出声音：开音响拍墙壁，甚至敲锣打鼓……她能把一切声音都调动过来告诉这个处在无声世界中的孩子；她吃每一样东西都要先放到嘴边：这是"苹果"，这是"瓜子"，这是"面包"……每一个词的口型，每一样东西的味道，她要让孩子捕捉生活中的每一个细节；每一件家具都贴上了大标签：床、门、窗、桌子、板凳、柜子……她想把人世间的一切都放到孩子面前。

不知不觉中，陈卉每一天的生活就和宝贝女儿融在一起，她不相信自己的孩子永远听不到声音，不能开口说话。她推掉一切应酬，每天睁开眼睛就开始训练孩子的听力和语言能力。然而，两年过去了，女儿没能发出任何类似语言的声音。不过，好强的陈卉没有放弃。说不清是哪一天，孩子嘴里开始发出含混的声音："妈妈妈妈妈妈妈妈……"惊喜过后的陈卉梦想着孩子有一天能够清晰地喊一声："妈妈！"终于，奇迹出现在孩子 3 岁多的时候。至今回想起来，陈卉说，那一刻，自己分明看到一棵铁树开出了一朵花。

  1999年，6岁的冰玉接受人工耳蜗植入手术，花费22万。冰玉听到了声音，可是原来在残余听力下听到的声音一下子全变了，冰玉又不会说话了。陈卉不气馁，辞掉工作，一切从头再来。终于，冰玉像正常孩子一样上学了，品学兼优，一、二年级时被评为"识字大王"，三年级时被评为校十佳少年。现在的她在常州国际学校，学习成绩名列前茅，还担任了学习委员，出落成一个聪明伶俐、亭亭玉立的少女了。冰玉"粘"妈妈，每次分别都是扑上来流着眼泪撒娇，每逢生日、节日等，冰玉总会画一幅画、做一个贺卡、买一枝花，再写上几句"煽情"的话。

  陈卉在训练冰玉的过程中想起了那些像冰玉一样的孩子，2003年，她开办了一所康复学校，专门收治先天耳聋孩子。2个、6个、13个、20个、70个，校址从银城花园搬到铁路北街再搬到象房村，全国各地的耳聋孩子蜂拥而来。陈卉看着这些孩子，越看越像自己的小冰玉。她带着20多个老师，每天进行康复训练，料理着每一个孩子的吃喝拉撒，一点一滴的甘苦只有自己慢慢品味了。不过，每天推开康复中心大门，听着孩子们争先恐后喊着"妈妈"的声音，陈卉知道，现在的自己不但是小冰玉的妈妈，也是这些孩子的妈妈，她想象着自己桃李满天下时，一大群孩子从四面八方回到自己身边，喊着"妈妈"的情形。

2007.08.08

"爱说谎"的志愿者

"孩子,这根线要从珠子中间穿过去,一个一个串起来!""孩子,工作时,眼睛要盯着自己的手,不能打闹,注意不要滑倒!"早上10点30分,南京建邺区莲花南苑3栋1楼方舟启智庇护工厂,来自加拿大的志愿者玛格丽特·龙正在手工艺品制作车间,手把手地教一群残疾人串彩珠。她所说的这些"孩子"患有智障、自闭症、精神障碍等疾病,智商介于60-70之间(一般人平均智商是100),最小的19岁,最大的44岁,绝大部分来自低保、因残致贫等困难家庭。

玛格丽特·龙今年68岁,举止娴静,神态慈祥。她在加拿大一直做社会工作,2010年经一位中国朋友介绍,来到方舟启智,每年有半年时间在这里从事志愿工作。"孩子们,5分钟时间,从现在开始!"她一声吩咐,4个"孩子"每人拿起一个硅胶棒,在一个水桶里顺时针方向快速搅动。"这是在做精油美容皂,需要60分钟不断顺时针方向搅动原液，才能产生丝质，然后倒入模具。现在主要是锻炼孩子们的耐心。"玛格丽特·龙轻轻地说，"我都忘记我教了多少遍，可是大多数时候孩子们还是记不住，搅动一会儿就停下来。没关系，我会一直陪他们做下去。"

玛格丽特·龙以前从事社会工作，多数时候是志愿服务，"我的信仰就是为他人服务，为社会服务。"退休后她一直想到中国看看，2002-2008年在厦门一家托福培训机构教英语，学会了中文，拥有了一个中文名字"龙凤玲"，为今后在中国做志愿者提供了便利。"刚开始，这些孩子对我这个国外来的老太太很陌生，因为我的汉语不太好。但是和孩子们待的时间长了，彼此就慢慢熟悉了，我和他们一起游戏、一起讲故事、一起生活。"

龙老师不但要辅导"孩子们"工作，还要照顾他们的生活。她经常一早起来给"孩子们"做早餐，烤面包，煎鸡蛋。"孩子们"开心地说，"龙老师，太好吃了！"婴儿一般纯洁的脸上绽开了灿烂的阳光，有的还咯咯笑着钻到她的怀里。龙老师经常接送这些行动不便、认不得路的"孩子"。她先自己多次摸索，弄清地铁线路，然后带着"孩子们"坐车，从2号地铁线云锦路站上车，到油坊桥站下车，一路上教他们记路标、识路名、看方向，培训了好几个月，一些"孩子"才熟悉了这条线路。

"有时候，我也会'欺骗'孩子们。"龙凤玲笑着说。有一次，为了了解"孩子们"是否能够独立坐地铁到工厂，她在云锦路站接上他们，然后说，老师今天有事，不送你们到工厂了，你们自己乘地铁去，说完就离开了。等"孩子们"上了地铁，她悄悄跟在后面，一路观察。从油坊桥站出来后，还有1公里才能到工厂，"孩子们"根据路标和红绿灯过马路，顺利到达工厂。静静地站在异国的城市街道上,看着"孩子们"向工厂走去,这个年过花甲的西方老人,心底里升腾起温暖和快慰。

2017.04.05

时间剪影

"赖"在苏州的洋老头

一个秋日的午后,我敲开了苏州观前街粤海广场一处公寓的大门,67岁的伊朗裔芬兰人艾哲罗先生笑眯眯地迎上前来。1998年,艾哲罗从芬兰来到苏州出任诺基亚苏州公司副总经理,任期两年。他向公司提出只在中国待一年,没想到,14年来他一直居住在苏州,频繁地参加各种文艺演出和慈善活动,成了地地道道的"中国通",并且成了"苏州形象代言人"。

艾哲罗身材微胖、敦实,眼神明亮、清澈,脸上总是浮现着若隐若现的笑容,透着一股诙谐,甚至一点顽皮。说起话来,一口夹杂着苏州口音的中国话,时不时蹦出几个英语单词。说到激动处,他挥挥手,晃晃头,扭扭脑,哼出一首中国民歌来……

1998年11月,艾哲罗接到诺基亚总部的通知,出任苏州公司副总经理。"我一开始很不愿意,苏州对我来说太遥远、太陌生了,无论是空气、饮食还是安全、人际,我都很担心。我就写报告,要求只待一年。"艾哲罗说。不过，来到苏州的艾哲罗发现这里"小桥、流水、人家"，古典文化与现代气息交相辉映，半年不到，他就对苏州"情有独钟"了，于是，主动向公司申请继续留在苏州，如今退休了，还是舍不得离开苏州。艾哲罗说，"我热爱生活，苏州是一个充满生活气息的城市，所以我留在了苏州。"

环顾艾哲罗一百多平方米的公寓，中式家具、西式壁炉、波斯地毯，还有一个大型露天花园……进门处，中式储物柜上烦琐的复古花纹让人称奇，那是主人的木工活。露台上有假山、水池和各种绿色植物，石榴、橘树、兰花、水仙、黄杨，应有尽有，甚至还有青菜、萝卜、韭菜、丝瓜等各种蔬菜。艾哲罗在露台上蹦蹦跳跳，"我每天早上6点多起来整理后花园，嫁接、锄草、浇水、施肥，一个上午很快就过去了。"

生活在苏州的艾哲罗爱上了这座城市，他经常骑着自行车在迷宫般的小巷中溜达，看小桥流水，看粉墙黛瓦，看市井生活。"青砖小瓦马头墙，回廊挂落花格窗。"艾哲罗突然摇头晃脑地背了一句文绉绉的古诗，脸上露出一丝得意的笑容。每到假期，艾哲罗还和妻子邀上一帮朋友骑上自行车远足，几十公里下来，他在休息时还要敲起随身带来的鼓，引得一群游客驻足欣赏。中国的朋友给他起了个绰号"人来疯"，每次不尽兴他不肯上路。

14年来，艾哲罗当然也经常想念远在芬兰的亲人。他挠挠头，想了想，说，那就叫"乡愁"。艾哲罗每年夏天都要回一趟芬兰，看望一双儿女，"儿子学的是建筑，现在是芬兰著名的电视制片人，很多杂志都有他的介绍呢。女儿一直从事芬兰文化的交流与传播，经常奔走在芬兰和世界各地。儿女都很喜欢音乐，鼓敲得比我好。"艾哲罗脸上溢满笑意，这个时候，才让人想起，眼前这个有点顽皮的老外，原来是两个孩子的父亲。不过，艾哲罗说，每次一回到芬兰，就开始想念苏州，"那是一种更加强烈的乡愁，这个时候我更加感受到，苏州就是我的故乡。"

艾哲罗的客厅中摆放着各式各样的鼓，足足有100多面。有印度鼓、泰国腰鼓，有乌鲁木齐买的蛇皮鼓，还有许多定做的鼓，有的还是艾哲罗亲手做的。艾哲罗说："6岁的时候，我就跟着父亲一起打鼓了，从那时开始，我就爱上了音乐，60年来一直没有放弃，音乐是我生活的一部分、生命的一部分。"

生活在苏州，爱上了苏州。艾哲罗对苏州评弹情有独钟，"因为评弹与伊朗音乐有点相似，听着有乡音的味道。"一次，艾哲罗把鼓带到评弹师傅那儿，和他们一起合奏表演，那种效果非常奇妙，大家听了都很吃惊，博得满堂彩。渐渐地，艾哲罗产生了一个想法，把鼓和评弹名曲《枫桥夜泊》结合起来，创造一个新节目。他先请著名评弹演员袁小良唱一遍，录制下来，然后跟着学，逐字逐句模仿，整整磨了10多天，柔美婉约的苏州评弹和明快活泼的伊朗鼓终于结合到了一起，别有一番风味。

2004年，央视一套"中国十大最具经济活力城市颁奖晚会"，艾哲罗作为苏州形象大使，穿着苏州丝绸衣衫和伊朗坎肩，说着有点夹生的吴侬软语，唱着评弹版《枫桥夜泊》，敲着欢快的伊朗鼓，把一个古今中外相得益彰的苏州演绎得活灵活现，不但征服了评委，也让无数苏州人第一次认识了这个自称"老苏州"的伊朗裔芬兰人。如今，说起那段经历，艾哲罗依然抑制不住的兴奋。他翻出几张光碟，把当时的演出视频放给我看，就这样还不过瘾，又从房间里东拉西扯地搬出一些"行头"，给我来了一个"现场直播"，"月落乌啼霜满天，江枫渔火对愁眠……"艾哲罗的表演让人忍俊不禁。凭着这首《枫桥夜泊》，艾哲罗在 2006 年首届"魅力江苏——外国人中华才艺之星大赛"决赛上一举夺魁。今年 10 月，"同乐江苏"外国人歌唱才艺大赛上，他敲着非洲鼓、拉丁鼓又唱了一段混搭版《枫桥夜泊》，把大赛推向高潮。

《枫桥夜泊》的成功，让艾哲罗"野心膨胀"，他要创作出属于自己的"原创歌曲"。2009 年，为庆祝新中国六十华诞，艾哲罗自编、自导、自唱了一首歌曲《中国，中国，我爱你》："China, China, I love you China……"艾哲罗双手咚咚咚地敲起伊朗鼓，一串串音符从口中飘出，俨然一幅超级明星的范儿。一曲唱罢，我"颇有疑惑"地问他："就这一首？"艾哲罗一听，来劲了：《掀起你的盖头来》《你是我的玫瑰花》《月亮代表我的心》《甜蜜蜜》《我爱你中国》……

艾哲罗组建了一个乐队，他任鼓手，其余 4 人分别弹奏钢琴、二胡、古筝、扬琴。他还亲手做了一把扬琴，糅合了伊朗、芬兰、中国风格。这些年来，艾哲罗去过中国许多地方参加演出，安徽、重庆、河南、上海、辽宁、新疆、广州、珠海、北京，艾哲罗说，"我在音乐中就找到了快乐，我要把快乐'传染'给每一个中国人。"

每周三晚上，一群苏州人就聚集到艾哲罗创办的"快乐之家"俱乐部，唱歌、喝茶、聊天，欣赏艾哲罗的鼓乐表演，艾哲罗夫人给在座的每一位呈上茶水或水果。谈起创办"快乐之家"的初衷，艾哲罗一下子严肃起来，"刚来苏州那几年，我时常想一个问题，无论是中国人，还是外国人，大家生活在同一个城市，就是一种缘分，那么，如何让我们走到一起呢，我想到了俱乐部。"于是，艾哲罗把自己的公寓腾出一部分，创办了"快乐之家"。通过表演、交流，艾哲罗认识了不少朋友，也迅速融入苏州，"虽然外国人来这里有很多文化、社会、习俗方面的差异，不过，我们来到苏州，就是为了能成为苏州的一分子。"

"快乐之家"俱乐部的活动非常丰富，周三联欢，周二、周四晚上举办论坛，主要讨论"生活的目标"，艾哲罗担任"辅导员"，周六专题讨论。如今，苏州人都知道有这样一个俱乐部，有的人甚至从郊区赶过来。在他们看来，这个老外谈起许多"大道理"来总是那么深入浅出。艾哲罗说过，"人活着，不是一个人活着，而是大家一起活着。"艾哲罗还说过，"人与人之间没有隔阂，隔阂的是彼此间的误解。"

艾哲罗不是口头上的"理论家"。2002年开始，他在苏州大学和园区职校免费授课，2005年退休后，他干脆在苏州大学当起了一名义务英文外教，业余时间还为酒店员工义务培训英语。他周末在东山度假，看到不少农民患有眼疾，就组织了义诊活动，14个患有白内障的村民都得到了及时治疗。如今，谈起所做的这些事情，我赠给他一个"洋雷锋"称号，艾哲罗连连摇手："No，No，No，我觉得这很平常，这是我生活的一部分。"

一次，艾哲罗在市中心遇到了两个小孩，他们是外来务工人员的孩子，因家庭困难面临辍学，艾哲罗一阵心痛，"我要帮助他们，让他们重新回到课堂。"于是，他建立了一个快乐之家基金，爱心捐款箱上有一句话——"人多力量大"，凡是来的客人自愿捐出5元、10元。他举办爱心鼓义卖活动，定做了几百面鼓，每面售价380元，捐出100元。每逢给孩子们发钱的日子，艾哲罗都特别兴奋，"感觉很快乐，很幸福。"

"有了钱还不够，我还要让他们学知识，学文化，做好人，做礼貌人。"艾哲罗说。于是,他把一些孩子组织起来参加俱乐部,每周三、五晚上,都有不少孩子和父母赶来"补课"。在艾哲罗的茶几上,我发现了很多杂志,翻开一看,都是教材。原来,艾哲罗先生除了给孩子们教授英语和基本学科知识外,还和北京一家文化公司合作,出版了一套19本《美德行动丛书》,有《礼貌》《诚实》等传统品德,有《快乐》《慷慨》《善良》等心灵追求,还有《感恩》《同情》《服务》《和平》等现代理念,没有空洞说教,而是配以生动活泼的画面,润物无声。

艾哲罗先生在苏州生活了14年,已深深爱上了苏州,爱上了中国。现在,他还有一个理想,就是拿到"中国绿卡"。根据中国相关法律,需要完善他18岁以前在伊朗的材料,而这些材料现在已经没法完善了,这让艾哲罗烦心,"明年6月还拿不到绿卡就麻烦了,以后每3个月就要签证一次。""我爱中国,我希望一直生活在苏州!"送别我时,艾哲罗一连声地说。

2012.11.22

时间剪影

走村串户的"王先生"

"王先生，看病去啊！"63岁的村医生王本贵清清嗓子，答一声，"嗯哪，张三拉肚子了，李四咳得厉害呢！"几十年来，这样的招呼声在村子里一成不变，变化的是王本贵的一头黑发变成了白发，脸上添了沟壑般的皱纹。

东台市姜墩村是一个黄海之滨的小村庄，青壮年都外出打工了，只剩下老人和小孩。村部一间小小的卫生室里，六七个老人正在挂水，门口聚集着一大拨家长里短的大爷大妈，一群孩子在追逐打闹。3年前退休返聘的村医王本贵一边忙着听诊、开药、打针，一边和这些乡亲天南海北地聊天，解答各种常见病。忙里偷闲，王本贵还要给他们倒倒水，递递烟。一些老人看完病了，输完水了，躺在床上动弹不了，王本贵推出一辆自行车，把他们一一送回家。

1969年，生产队还是一片盐碱地、芦苇荡，17岁的王本贵就当起了卫生员。1975年，他正式成为一名赤脚医生，先后在公社医院培训了几个月。1985年，赤脚医生改称乡村医生，2010年又改称全科医生。"无论名称怎么改，我反正就是个一辈子和乡亲们摸爬滚打的乡村医生。"说这番话的时候，王本贵很平静，仿佛一切都很平淡。

40年间，"生产队"改称"村"了，名称由"姜墩"变为"奋斗"再变回"姜墩"，面积扩大了，缩小了，又扩大了，人口也在六七百到一两千之间波动。方圆两三公里的地盘上，乡亲们的卫生防疫、头痛脑热，全靠王本贵照应着。20世纪七八十年代，小孩子特别多，而且很容易生病。王本贵丝毫不敢懈怠，经常和一些家长前后包抄地"抓"孩子打针，一针扎下去，小孩子一边嚎啕大哭，一边破口大骂，"王本贵，你个狗日的！"家长一连声地道歉，王本贵或者做个鬼脸，或者双眼一瞪，"唬"住这些顽皮的孩子。长此以往，每每孩子哭闹，家长没有办法，就拿出了杀手锏，"再哭，王先生来打针了"，孩子立马停止了哭声。

姜墩村当年卫生条件较差，再加上农活繁重，气候忽冷忽热，村民们又喜欢到海边捡海货，泥螺、文蛤等随便生吃，自然就有各种毛病。这就忙坏了王本贵，往往这家还没打完针，另一家又在心急火燎地叫上了。"有病不等人，无论谁叫上了，肯定要赶过去，这是雷打不动的。"几十年来，王本贵没有怠慢过一个人，没能睡过一个安稳觉，因为随时都有人找上门来。早些年没有电话，他家门口经常聚集着村民，后来有了电话，电话铃声就不分白天黑夜地响个不停。尤其是逢年过节，乡亲们都在"吃喝玩乐"，王本贵却比平时更忙了，因为往往这个时候生病的人更多。农村缺医少药，王本贵还自己钻研医学教材，摸索出几种中药，为病人贴肚脐，他还学会了针灸，往往也能收到一定的效果。

时间剪影

做乡村医生，还有一项重要的工作是卫生防疫。早些年，主要是防血吸虫病、痢疾等。一些预防免疫的药丸，王本贵一家家送上门去要求服用，大家答应得好好的，可他一走就忘到后脑勺了。王本贵没办法，就"赖"在人家家里不走，盯着人家把药丸吃下去。那个时候，王本贵还要经常上门收粪便样本，很多乡亲不配合，经常"躲猫猫"。王本贵一股拗劲上来，直接拉着村民上茅厕，然后在外面守着，一定要让人家把粪便包好了交给自己！如今，乡村医生的重要工作是儿童计划免疫，全村几百个孩子，从1岁到7岁，每人至少要打10种疫苗，每人都要登记造册。这些孩子的父母都在外面打工，要盯着他们把一针针打完可不是一件简单的事情。王本贵只能"严防死守"，不漏掉一个孩子，不漏打一针。

乡村医生意味着医生、护士、护工一肩挑。40多年来，王本贵经常要面对各种各样的状况，病人抽搐、呕吐、昏迷、溃烂、大小便失禁，他都要第一时间治疗，还要帮着清理，有时候还要联系转院，因为此时家属早已慌了神，王本贵是主心骨。王本贵最自豪的事情，是几十年来没有出过任何差错。尽管平时待人和气，遇到疑难杂症，病人和家属乱作一团的时候，王本贵总是一脸严肃，理智处理。"别人越慌乱，你越要镇静"，王本贵说，"虽然都是乡里乡亲，但涉及看病，还是要讲究科学，讲究原则。"

王本贵年轻时一表人才，衣服穿得一丝不苟、干干净净，整天背着小药箱，骑着自行车在村里转。每每这个时候，乡亲们都有一种安全感、亲切感，一种敬重之情油然而生。不知从什么时候开始，大家就尊称他为"王先生"了。慢慢地，王先生在村里显得德高望重了。谁家夫妻吵架了，往往靠王先生调解；谁家孩子上学、找工作，也要让王先生给拿个主意；谁家请客了，一定要请王先生

"上座"。40多年来，王先生拿着极其微薄的工资，现在一年的收入才一万多元。在村里待了一辈子的王先生不了解乡村医生的各种政策，他只知道一个普通的道理，"乡亲们信任我，我就要尽心尽职。"

几十年来，村里的人一茬接着一茬，算起来，王先生整整为这个村子的四代人看过病。几十年来，这个小村子有了很多变化，当年的茅草屋早已变成了小楼房，几条小河、几个池塘早就不见了踪影。此时，在一个大城市里的老乡聚会上，大家不约而同地想起了王先生，想起了小时候生病时王先生温暖的手……

2015.07.09

时间剪影

"长生不老"的老八太

"老八太"是家乡话中对老太太一种略带戏谑和调侃的称呼，这里指的是我的奶奶。奶奶去世时已经 95 岁了，是这么多年来村里最长寿的人。那年夏天，天气十分炎热，这天奶奶和往常一样倚着水缸的时候，脚下一滑，摔了一跤，人就没了知觉。弥留之际的奶奶没能说上一句话，她从小一起长大的邻居姐妹，一位 89 岁的老奶奶硬是拄着一根拐棍，花了个把小时蹒跚着从一里地外赶到奶奶身边，拉着奶奶的手老泪纵横，自己很快像一根枯木躺到长椅上几乎喘不上气来。就在奶奶去世后不久，这位老奶奶也追随而去。

在奶奶的遗物中，有 200 元钱分别藏在衣服和被子中，父亲告诉我们，奶奶生前时常说，等我们哥俩结婚时，她一定要亲自送上"喜钱"！奶奶的这一愿望最终没能实现，我们心存愧疚，但我想奶奶是不会责怪我们的。我哥俩的婚事是奶奶多年来的牵挂，不过，90 多岁的奶奶当面总是安慰我们，说我们"是以事业为重"，只是她和哥哥聊天的时候就悄悄打听我的情况，反过来，和我聊天的时候就悄悄打听哥哥的情况，还叮嘱我们一定要"保密"！

前些年，父母来南京回去时，我们总要买些吃的东西带给奶奶，奶奶接到手后脸上自然乐开了花，珍藏起来，自己舍不得吃，有人来时就拿出来"炫耀"一番，说这叫"别人吃了传四方"。我们哥俩都是南京大学的研究生，这成了奶奶的骄傲，"比大学生还要高一级呢！"奶奶会对来人郑重其事地"摆一摆"。这两年，我们常常习惯性地买好东西后才突然想起她老人家已经不在了。记得以前给妈妈打电话时，关于奶奶的话题总是重要的内容，妈妈会兴致勃勃地谈起奶奶的"逸闻"，常常令人忍俊不禁。如今"老八太"没了，我们心里一时间空荡荡的，拿着话筒不知说什么好。

奶奶是典型的农村妇女，没有上过一天学，但奶奶可没什么自卑感："我生在旧社会，没上过学，但我的学问可比上过学的人来得好！"在这个偏僻的村子里，奶奶听得最多的就是县乡广播站的广播，几乎所有的"学问"都是通过这个小喇叭得到的，什么国际国内形势、农业生产技术、天气预报啦，奶奶似懂非懂，但这不妨碍她把这些知识"教授"给大家，还别说，大家有什么事还真得跑过去请教奶奶。90多岁时，奶奶的耳朵不好使了，小喇叭对奶奶来说成了摆设，但她时常一个人静静地盯着电视看，然后一本正经地给我们"讲解"电视内容，惹得大家哄堂大笑。"老八太"对我们的求学重视得很，考研前几天，我正陷在书本里不可自拔，奶奶突然神秘地把我喊了过去，硬是把一包保存了很久的云片糕塞到我手上："赶快吃下去，保准灵，你哥就是吃了我的云片糕后考上研究生的！"奶奶郑重其事，看着我艰难地吃下去才满意地走了。奶奶的这一招并不新鲜，从小到大，每逢重要考试，奶奶总会送上糕点，只是那时的我心高气傲，仗着自己是学习"尖子"，考试不会有差池，从不把这些放在心上，况且学校一直教导我们要坚持"唯物主义"，因而总抱怨奶奶"迷信"，抱怨糕点难吃得很。不过，当我年岁渐大，尤其是面临一些困顿时，时常会想起奶奶的那份糕点，那是温暖而体贴的。

奶奶一辈子没走出过那个苏北小村子，但奶奶可不服软，她的口头禅是响亮的反诘句："我什么事不懂？！"那一年，我放暑假从南京回家，90岁的奶奶得着消息，赶过来和我聊天，我没耐心和奶奶讲太多外面的事情，但奶奶似乎并不介意，干脆给我上起"课"来，先是一首"乾隆皇帝下江南，万里江山一担挑"的古曲，又来几段"道情"，《珍珠塔》《杨门女将》什么的，奶奶脸上的皱纹舒展开来，俨然一个孩童，把我肚子都笑疼了，奶奶平时话多，没想到还会唱戏！奶奶是"倒古言"（重复说过去的事情）的高手，每一次都会慢条斯理地把过去八百年的事情讲上八百遍，还不忘教育别人："我什么事不懂？！"让大家哭笑不得，难怪妈妈和伯母、婶婶等有时躲着这个"老八太"，但她们也承认奶奶的话"清楚、有条理、有道理"。我常年在外，难得回一次家，当然会"高姿态"地陪奶奶说上一些话，其实就是做一个听众而已，这样，奶奶便会非常开心，表扬我是"好人"，抱怨儿媳们"不是好人"，当然，奶奶心里也知道是怎么回事，只是开开玩笑衬托我的"好"而已。奶奶90多岁后，一大帮人坐着闲聊时，她听不见，总是插不上话，不过，奶奶时常在旁人说了一大通后责怪她们"声音太低"，然后故作严肃地教导大家"说话口齿要清楚"。 奶奶确实很"能"，不过奇怪的是，有时候她老人家也会主动放下"架子"，比如说，每年春节一大早，别的老年人都在家里等着晚辈来拜年，奶奶却早已冒着寒冷来到床头给懒洋洋地钻在被窝里的我们拜年,一个孙子、孙女也不会落下。

奶奶的另一句口头禅是:"我不是一般人!"奶奶最引以为豪的是:当年日本鬼子闯进村子,乡亲们都吓得躲起来了,奶奶就是没逃跑,怀里抱着孩子不卑不亢地坐在家里,鬼子闯进来,愣是没拿奶奶怎么样,抓了一只老母鸡就走了。奶奶平时一般不生病,偶尔有点伤风感冒,她总要当成大事,一定要向儿媳们强调一番,奶奶的逻辑是:"我生病了,这就是大事,虽说不要专门照料,但要引起重视,因为我不是一般人!"常常惹得妈妈和伯母、婶婶哈哈大笑,连说这"老八太"是"发嘘"(自己夸大病情,脆弱),不过,奶奶很少生病,这样就很难给大家留下什么"口实"。直到90多岁时,奶奶容易咳嗽,我和哥哥时常会买些好药给她吃,但也没什么效果,不过奶奶当着别人的面都强调:"一吃着好药,病就好了许多。"一边说着,一边硬是憋着一口气不咳出声来。奶奶一辈子恋着茅草屋,坚持自己养活自己,只是到了90岁的时候,自己做饭显然有点力不从心,但她就是不肯"轮饭碗"(三个儿子家轮流送饭),因为她不想"过一种无用人的生活",怎么劝都无济于事。那年在我和哥哥的大力主持下,还是强制性地让奶奶接受了"轮饭碗"的安排,我们不管奶奶内心的感受,只是想,对这位"老八太",还是要来点"专制"。不过,既然"轮饭碗"了,奶奶可不能"折了威风",一次,婶婶因为忙,有一顿饭敷衍了一下,饭也烧得有点软(奶奶爱吃硬一点的饭),奶奶马上向父亲和伯母发出"抗议",从此,大家送饭时都小心翼翼,不管饭菜如何,做得好、态度好是最重要的。奶奶告诉我们:"尽管自己年纪大了,不得不让后人养着,但我不是一般人!"当然,每一次我们送饭去,奶奶总忙不迭地说声感谢，有时还"表扬"一番呢。

　　奶奶常常自诩"能管天下事"，似乎天下事都在她的掌控之下，其实，"老八太"能管的也就是家门口的"大事"：首先，奶奶是左邻右舍的"气象预报员"，这确实是她的特长，什么时候刮个风、下个雨什么的，预报得八九不离十。一有天气变化，奶奶总是跺着小脚东家西家地跑在最前面，哪家晒在外面的粮食没盖好，哪家晾着的衣服没收回家，哪家的窗户没关牢，她总要一一过问，常常是淋了一身雨后才赶回家。其次，奶奶是"法官"，她擅长劝架，左邻右舍有人吵架，八九十岁的奶奶总是第一个到现场，声色俱厉地阻止双方，有乡亲们吵红了脸，动起了拳头，奶奶会勇敢地冲上去，为此常常被"误伤"，但奶奶不退缩，一定要把双方拉开，严肃调解！再次，奶奶是"难民收容员"，左邻右舍由于农活忙，经常"放养"着小孩子和阿猫阿狗什么的，奶奶总是不厌其烦地"收容"在茅草屋里，不但要好好照料，还要把平时积攒下来的好东西拿出来招待，这样，奶奶家里总是走马灯般来一帮大大小小的孩子，在墙角落还会莫名其妙地突然出现一窝小狗、小猫什么的，奶奶总会乐颠颠地抱来抱去，精心呵护。复次，奶奶是"慈善家"，门口有了讨饭的、唱戏的，奶奶可不管自己手头拮据，显得比谁都大方，常常把自己辛苦积攒下来的一点私房钱连同家里的鸡蛋、粮食等大方地送给这些可怜的人，宁肯自己饿肚子。在做这些事情的时候，奶奶总是很自然，好像是一种本能，其实，别看她"什么都懂"，可她根本不懂"学雷锋"或"阶级友谊"或"觉悟"什么的。

　　奶奶坚信世界分为"天上""人间"和"阴间"，人有"前世""今生"和"后世"，人在这个世界上只是生命的一个片断。同她那个时代的人一样，奶奶对冥冥之中的自然与命运似乎有一种与生俱来的崇拜与虔诚。这样，一年四季中的每一个节日，她都过得一丝不苟。与此同时，奶奶常常自言自语："人活在世上，就是要做一个好人！"奶奶同样爱算命，家门口只要有了算命的人，奶奶一定要热情地迎回家来，为自己好好掐算掐算。她最关心的是自己的寿命：80岁时，算命的说能活到93岁，奶奶觉得很开心；到了90岁时，奶奶显然不满足于90多岁的"寿限"，算命的说能过到100岁，奶奶自然很高兴；到了95岁时，奶奶已经不满足于100岁的"大限"，算命的说能活过100多岁后就"没底了"，奶奶心满意足！大家笑话她："你自己说说到底能过到多大岁数？"奶奶一本正经地抿抿嘴："起码800岁！"引来一阵哄堂大笑："这个'老八太'，难道就长生不老了？！"

奶奶这辈子中经受了太多亲人离去的伤痛，令人不解的是，奶奶似乎总能很好地化解这种痛苦：奶奶的娘家是共产党的地下兵工厂，一次事故中，大火夺去了奶奶六七个亲人，奶奶是在第二天才得着消息，一路哭着几乎是爬回娘家的，我们无法形容这给奶奶心灵上带来了怎样的伤痛，不过也奇怪，奶奶后来甚至很少谈起这件事；那一年，伯父在59岁时就去世了，白发人送黑发人，奶奶的悲伤化作了滚滚的泪水，不过，过了一阵后，奶奶很快恢复了元气；与奶奶同龄的爷爷是70岁那年去世的，在这25年中，奶奶在感情上应该是孤独的，还记得爷爷去世后，奶奶的悲伤持续了一段时间，但在后来的漫长岁月中，奶奶似乎把爷爷忘记了，我们甚至无从解释奶奶的内心。

奶奶去世两年后的清明节，我回了一趟老家，来到"老八太"的坟前，在一大片金黄的油菜花地里，一座极简单的坟包显得格外冷清，这是奶奶和爷爷的合葬墓。在夹杂着花粉和灰尘的春日狂风中，我按老家的风俗给奶奶烧上了一大笔纸钱，再给她老人家磕了几个头，我的奶奶见到宝贝孙子一定高兴得合不拢嘴。我想，在奶奶的心灵空间中一定有一个自足的世界，正是这个世界给了奶奶和谐的生命旋律，让奶奶在尘世中活得从容、自信而有尊严。因而，奶奶对这个世界充满了善良与感恩，而遭遇生活中大的痛苦，又能获得一种超然与平静。这样，奶奶的灵魂是安宁的，奶奶在气质上获得了一种让人回味的东西，正是有了这种东西，"老八太"95年的生命历程才让人如此感动。

2004.04.06

打工诗人穿上吊带裙

> 我要先把吊带熨平／挂在你肩上不会勒疼你／然后从腰身开始熨起／多么可爱的腰身／可以安放一只白净的手／林荫道上／轻抚一种安静的爱情 ——《吊带裙》

身穿粉色吊带裙，邬霞在上海国际电影节的红毯上冲着镜头微笑。回忆当时的感受，她说："我什么也没想，感觉这一切就像一场梦。"

那是她最喜爱的吊带裙，在深圳地摊上花70多块钱买的，平时没机会穿。一天24小时，她14个小时在服装厂熨烫机前流着汗，直到十一二点下班后，才能伏在桌前，在自己的诗里"穿上"美丽的吊带裙。

邬霞的家乡在四川内江。父母很早外出打工，她是中国第一代留守儿童，14岁辍学到深圳宝安打工。邬霞小时候看过电视剧《打

时间剪影

工妹》，剧中困苦压抑的工厂生活让她一直排斥打工。可是家里条件不好，最穷的时候连一包盐都买不起，她没机会上大学，只能到母亲所在的工厂做工。

邬霞说她在14岁到18岁的4年里哭过两百多次，"因为喜欢写作，每次哭的原因我都记下来。"

"写诗的时候，忘记了现实的烦恼，觉得自己在另外一个世界。"当同伴们拖着疲累的身体熟睡，邬霞坐在桌前，徜徉在诗歌的仙境中，不知不觉就到凌晨三四点。"每次想到一个好句子，都觉得非常奇妙。"说起诗歌，邬霞声音里充满幸福。"我的生活不容乐观，可我没在诗歌里表现。"她特意挑选一些美好的事物写进诗里，希望激励别人同时激励自己。

邬霞写了300多首诗，大多没能保留下来。2007年，她有了自己的电脑，便把一些诗歌贴到博客上。当自己的诗作第一次出现在出版物上，邬霞还是非常激动。2002年，《相思河》被刊物《南叶》收录，她笑着说："看到以后很开心，开始不停地投稿。"

投稿成绩并不理想，直到秦晓宇将她那首略带忧伤又充满希望的《吊带裙》收进《我的诗篇——当代工人诗典藏》。"我正在家里带小孩"，邬霞回忆起接到秦晓宇约稿邮件时的情景，"打开邮箱，看到他的邮件，题目里有'约稿'两字，文中邀请我拍摄《我的诗篇》。"邬霞兴奋极了，马上联系秦晓宇，说愿意去拍电影，"我和我爸说会有几十块钱稿酬，他也就同意了。"

说起家人，邬霞的语气带着些许无奈，"他们都说写作太辛苦，没什么用。姑妈在电话里跟我妈说：'她初中没毕业还写诗，脑子有没有问题？'"以前在工厂，邬霞从来不肯让工友知道自己写诗，怕别人嘲笑，"也有人知道我写诗，可她们都说，要当作家可没那么容易!"

　　热爱诗歌的邬霞好像一座孤岛。走下电影节喧闹的红毯后,她依然住在不到 10 平方米的出租屋,带着两个小孩,暂时没有工作。她想找一份文字工作,"但现在招的都是网站编辑,我做不来。过段时间我会出去找工作,白天打工,晚上带孩子。"她的语气依然沉稳平静。

　　"我不希望我的孩子变成留守儿童,像我小时候一样。"她希望在深圳扎根,希望一家人团聚,"一家人生活很艰难,但一直相亲相爱,很难得,很珍贵。我们一直盼望着团圆,所以我在诗里写下'生活多艰难,就有多珍贵'。"

2017.10.05

时间剪影

评弹艺人今天"跑码头"

一叶叶扁舟在小镇与小镇间来来往往,说书先生衣袂飘飘,评弹丽人柔情款款,吴侬软语伴三弦琵琶的清音随轻盈的水汽蔓延开来。三岁的孩童、二十出头的姑娘小伙、六七十岁的老头老太,一个个凝神地聆听着、陶醉着……

这是想象或印象中的苏州评弹。此刻,我正坐在一辆宽敞的别克商务车里,飞驰在苏州新区宽敞的马路上。身旁坐着的是两位苏州评弹"大腕"级人物,一位是国家级非物质文化遗产苏州评弹传承人金丽生,一位是当今苏州评弹代表人物、"获奖专业户"盛小云。一个小时的路程,金丽生谈笑风生,盛小云端庄矜持,倒是相得益彰。他们今天的演出地是位于苏州相城区的黄桥镇,一家大型商业化文体中心今天开业。

一阵热闹之后,书场里金丽生、盛小云的评弹《武松》开唱:"星儿俏,月儿皎,良衣迢迢;岭重重,上山坳,见乱树萧萧。透瓶香，出门倒，心底火烧；俺提棍棒，挺胸膛，怕什么虎豹！"

这个能够容纳100人的书场座无虚席，一眼看过去，大多是老人，自发来的年轻人几乎没有，当然有捧场的领导。据介绍，这个小镇，老一辈评弹迷就有200人左右，都是60到80岁左右的老人，这么多年来，他们都要坐很远的车去市区听评弹。

六十开外的金丽生一袭长衫，敦厚圆熟，往台上一坐，一个"包袱"，一个眼神，自有一番风流倜傥；三十多岁的盛小云锦衣旗袍，从容安详，端庄凝重又不失柔媚明艳。一颦一笑，一唱一叹，一股含蓄温婉之气悄悄弥漫开来。台下不时传来老人们会意的赞许声，有哄堂大笑的快意，也有端庄整肃的矜持。

苏州评弹已被列为国家级非物质文化遗产，近几年来，由于各级政府和社会的重视，苏州评弹渐渐走出了从20世纪80年代以来极度低迷的境况，不过，还是显得不够景气。

目前，苏州评弹团40多人，其中演员有20多人，每年演出达到200多场，每场演出都有一些补贴，这样，包括固定工资以及出场费，一般的演员一年工资5万左右，好演员一年能达到8到9万左右，在苏州，这属于不高不低的收入。"这种收入与流行明星没法比，当然这也是社会发展的必然现象。现在社会节奏加快，文化娱乐方式多样，不能要求评弹还像以前那么火爆。"金丽生、盛小云有过多次和流行明星同台演出的机会，但人家的出场费动辄数万甚至十几万元，而自己一般也就几百、几千元，有时甚至免费，面对这种强烈的反差，他们似乎渐渐接受了。

据介绍，目前苏州各地陆陆续续建起了一些书场，不过，观众都是老年人，这些人经济状况都不好，门票只能卖1到5元左右，每场观众也不多，数人到几十人不等，因此，演员的演出收入不可能高。为此，苏州评弹团加大了扶持力度，名演员、顶尖演员每年有2万左右的演出津贴。

在金丽生的记忆里，评弹比较火爆的时代是20世纪五六十年代。那一年，他在上海演出，海报贴出后，成千上万的观众排队买票，12000人的剧场座无虚席，其中很多年轻人。那时，评弹在上海仅次于电影，有100多家书场。而有多次海外以及港台演出经历的盛小云体会到，传统艺术在这些地方都产生了很强的共鸣，观众追捧，媒体追逐，让她"有一种做明星的感觉"。

"不能要求今天的年轻人还像以前这样，但现在普遍存在的浮躁，让评弹这一传统艺术日益失去了空间！"对此，两位评弹演员显得很无奈。

"当然，目前评弹的不景气与评弹界本身也不无关系！"金丽生说，一方面，评弹与现实脱节严重，推陈出新不够，现在，评弹还在吃老本，大多是一些老的曲目，虽然这些都是沉淀下来的经典，但反映现实生活的曲目少之又少。评弹在形式上很难改革，但表演上要有新意，要真正切中时弊，增加一些机智、幽默的噱头，吸引年轻观众。

另一方面，年轻演员怕吃苦，耐不住寂寞。盛小云11岁时学评弹，她时常把手指放在冰水里冻僵了，再弹拨琵琶，弹到手指发热，然后再放进冰水，再弹唱，直到珠落玉盘，字正腔圆。与老一辈演员比起来，现在年轻演员不愿意吃苦、走码头，甚至，不少演员想改行，投入到花花世界之中。比如，有的演员本来在评弹界崭露头角，但抵抗不了诱惑，到电视台做起了主持人，虽然说，这也可以理解，但对评弹界来说，是不小的损失。

从前，小镇平时的娱乐活动就是听评弹。一张小书台上，旧桌围红底黑字"敬亭遗风",一边的墙上是"恕不迎送",两边的对联是:"把往事今朝重提起,破工夫明日早些来。"金丽生经历过评弹曾经的繁华。如今,从城市到乡镇,休闲娱乐活动越来越多,听客少了,唱评弹的人是寂寞的,但金丽生说,只要他还唱得动,走得动,他还会像现在这样去跑码头,哪怕台下只有一个观众。

2008.08.08

时间剪影

用 30 年时间雕刻人生

这是一件象牙牙雕作品,两童子稚气可爱,亭台楼阁,烟雾缭绕,小桥流水,宛若仙境,一只只蝙蝠欢腾飞出,洋溢着喜庆,寄托着祝福;这是一件猛犸象牙牙雕作品(为保护野生大象,现一般以史前生物猛犸象牙代替),100 多位佛家人物形象栩栩如生,透雕、浮雕、圆雕等多种雕刻手段应用得淋漓尽致……这些精美的牙雕作品,出自牙雕非遗传承人戴德裕之手。在南京武定门外牙雕研究所"德裕堂",机器打磨发出刺耳的吱吱声,房间内充斥着浓浓的烟尘,呛得人睁不开眼睛。此刻,戴德裕在聚光灯下蓬头垢面,破旧的工作服上沾满了粉尘。他紧握一把刻刀,凝神屏气,在象牙上一点一滴地雕刻,眼睛在粉尘中显得格外有神。

1964 年出生的戴德裕是南京人,六七岁时跟随父母下放苏北沭阳。在那个条件极为艰苦的地方,他画了 10 年连环画。1979 年回城上完高中后,20 岁的戴德裕被分配到南京工艺雕刻厂工作。"我从小喜欢美术,再加上一家兄弟姐妹好几个在这家雕刻厂,我自然而然地走进了这个行业,一晃30年过去了!"戴德裕回忆说,当年工艺厂是很好的单位,因为国家需要工艺品换取紧缺的外汇。当时的厂长刘道凡成了戴德裕的师傅,安排他学习彩绘泥塑,为的是打好造型基础。其后,戴德裕还学习过木雕,师傅则是自己的大哥戴德生。在雕刻厂,戴德裕如鱼得水,很快成为牙雕骨干。

中国的象牙雕刻历史悠久,7000多年前就已经出现,明清时期达历史高峰。南京的仿古象牙雕是金陵著名的工艺三宝之一,在全国四大牙雕产地中,南京牙雕以仿古和圆雕闻名于世。不过,1989年,中国成为世界《濒危野生动植物种国际贸易公约》的签订国,这对传统象牙雕刻行业及其工艺造成了很大的冲击。1990年,南京工艺雕刻厂关门。"我一下子就失业了,当时感觉生活一下子失去了依靠。我不愿意丢掉自己的手艺,但怎样才能找到一条路子呢?思来想去,就和爱人搞起了胎毛笔制作,因为十二生肖图案等技艺与牙雕有着相似之处。不过,做胎毛笔收入很低,后来进一步开发纪念品,才慢慢有了点收入,维持日常生活。"如今,回忆当年的困顿生活,戴德裕却显得格外平静,"我是一个草根艺人,只要能把自己的这点爱好留下来就行,生活只要过得下去就行!"

2000年,中国政府对象牙制品制作和销售实行有限开禁,2006年,国家大力开展非遗保护和抢救工作,南京等地的象牙雕刻被列入省市非遗保护项目。而与此同时,牙雕材料也有了替代品,那就是猛犸象牙,属于史前生物遗存,大多保存在西伯利亚和阿拉斯加等地的冻土层中,中国也有进口。对戴德裕来说,这些无疑都是令人振奋的好消息,他重新焕发了创作热情,夜以继日地制作了《四臂观音》《福满人间》《贵人》等作品,并连连获得大奖。2014年2

月，戴德裕和师兄倪小庆成为江苏省非遗仿古牙雕代表性传承人。如今，戴德裕拥有了自己的工作室。

　　南京牙雕分为下料、出坯、扦光等10多道工序，"雕成一件作品一般还要事先设计出纸稿，然后再泥塑成型，反复推敲琢磨修订定型后再在象牙上施刀。"戴德裕介绍说，以前制作象牙雕刻时，光是刀具就有二三十把之多，一般都是自己制作。现在用上机器后，刀具才有所减少，但随着工艺水平的提高，一些细部的雕刻还必须依赖刀刻，这对艺人提出了更高的要求。在戴德裕的工作室里，处处都是牙雕作品，宫扇、唐马、笔筒、四条屏、十八罗汉等等，无论是镂空、还是浮雕，一笔一画都那么流畅明快。一件牙雕工艺鸟笼似乎很平常，但走近一看却发现处处巧夺天工：底部四根横杠上浅浮雕着16个罗汉，笼门上浮雕着释迦牟尼，旁边两尊供养菩萨，佛与菩萨间祥云缭绕，笼上浅刻有庙宇。

　　30多年来，戴德裕一头扎进了牙雕之中，寂寞清贫、甘苦自知。外面的世界已经发生了翻天覆地的变化，这一切当然也直接间接地影响着戴德裕。作为一个民间手艺人，在很长一段时间内靠这个手艺无法养家糊口，戴德裕也曾有过动摇，但一个闪念之后又回到了自己的工作台前。"这么多年来，很多牙雕手艺人早就离开了这一行，不过这一丢下往往就回不来了！"戴德裕说，"手艺人每时每刻都不能离开自己的手艺，我只有在做牙雕的时候，心里才踏实！"而且，戴德裕的作品一般不出售，他有一个朴素的观念，"一个手艺人不能仅仅为了养家糊口，就把自己的作品拿去换钱，我要把自己的这些作品留下来，这也是以后给自己留下一份念想，看看自己这一辈子都做了些什么。"

　　当年在工艺厂，是流水线作业，每个人只负责一道工序，不过，戴德裕却是个有心人，每一样都去了解、学习，掌握了所有工序。在几十年的刻苦钻研中，下料、出坯、雕刻、装配、打磨、扦光、熏色、开裂纹、贴金，牙雕的每一环节，戴德裕都得心应手。这些年来，戴德裕收了不少徒弟，不过，让他满意的徒弟并不多，"做手艺，讲究的是悟性、兴趣与勤奋，缺哪样都不行。尤其是，从事这一行，就意味着一辈子的寂寞与说不出的清苦，需要有充分的思想准备。"

戴德裕学历不高，但说起话来满口都是"文化"。他虽然说不清楚"文化"的定义，但他每次拿起刻刀的时候，都充满了虔诚，而当刀下一个个景物、人物、佛像呼之欲出的时候，他分明感受到了一种巨大的快乐与满足。"一个时代的发展进步离不开文化，虽然社会上充满了急功近利，但一个城市不能没有文化，我要以我微薄的努力，把这项传统技艺传承下去！"说这番话的时候，戴德裕显得格外朴实，而岁月早已在他脸上刻下了深深的印痕。

2010.08.09

给自己酿一杯葡萄酒

"干杯,卡里布!"王少坤举起手中明晃晃的酒杯,鲜红的葡萄酒欢快地跳动起来,呷一口,青涩甘甜的气息弥漫开来。这是一个春日的下午,王少坤约来了一帮作家朋友,品尝他历经半年酿制刚刚出窖的"卡里布"牌干红。"好酒,好酒,不愧是酿酒大师!"席间一片赞扬声。

王少坤是省药检所的医学专家,本职工作是与医疗仪器打交道,他的业余爱好是写作,创作了不少小说、剧本,而酿制葡萄酒则是他的情趣所在,时时能从家里拿出几瓶来在朋友面前"显摆显摆"。早在十多年前,他就"拜师学艺"自酿葡萄酒了——买上几斤葡萄,装在瓶子里捣碎,再加上糖发酵一段时间。如今回忆起来,王少坤有点感慨,那其实就是酸酸甜甜的果汁啊!2005年,王少坤搬居南京奥体新城木樨园,拥有一个12.5平方的地下室,常年恒温恒湿,简直就是一个优良的酒窖。王少坤说,"那是我酿酒事业的起点。"

2005年夏，王少坤和爱人夏芸一起到江心洲购买了100斤上好葡萄，以最快速度赶回家中，将葡萄放入一口大缸中，两人赤脚而上，使劲踩踏，一大缸葡萄很快稀松漫溢。然后就是过滤渣滓，放上酵母发酵，一周后再过滤渣滓再发酵，经过大约三个月的沉淀后分装密封窖藏……春节之际，王少坤"批量生产"的30瓶葡萄酒出品了！那一天，夫妇俩郑重地从酒窖中拿出一瓶葡萄酒，倒入杯中转转，在灯下晃晃，发现葡萄酒完全是粉红色的，似乎有点不太对，再喝上一口，咂咂嘴，淡淡的，水津津的……王少坤知道，发酵不到位，糖分还不够，度数也不高。"虽然算不上精品，但好歹是自己亲手酿造，喝起来别有一番味道。"王少坤说。

第二年，王少坤认真总结经验，还查阅了大量资料，得出的结论是，"葡萄摘踩要速战速决，而且不能吊在一棵树上"。于是，夫妇俩带着缸，去江心洲现场采摘"夏黑""黑美人"等不同种类的葡萄各50斤，又赶到句容，现场采摘了200斤巨丰葡萄。这些葡萄都是现场踩汁，然后对不同批次进行比较、探索，分别进行过滤、发酵、分装。经过加糖调整，有的批次达到了标准的12度左右，而有的甚至不用任何添加也达到了标准。当然，他也有一个意外"发现"，有一个批次因为发酵过了头，变成了香喷喷的醋。直到现在，这些醋还留在他的酒窖里呢。

"工作是单调的，写作是寂寞的，酿酒则是温暖的、快乐的。"这些年来，王少坤发现人生因为酿酒而"豁然开朗"。他深有感触地说，"酿酒不但润泽了刻板的仪器，还丰富了枯燥的文字。比如说，有时在实验室中紧张地检测药品，仿佛穿越到了自己的酒窖里；有时没日没夜地赶写一部长篇，眼前突然出现了广阔的葡萄园。"尤其是，王少坤感觉，生活就是一杯自己酿制的葡萄酒，无论是婉约，还是豪放，无论是酝酿，还是结果，都把握在自己手中，有一份苦涩，更有一份甘甜。

2009年，王少坤经多方打探，认识到要酿造出更好的葡萄酒，还要"走向全国"，他的首选之地就是山东烟台。于是，他从朋友处借来了一辆房车，在9月9号这个"黄道吉日"，携夫人驾车直奔烟台而去。经过10个小时的长途跋涉，夫妇俩终于到达烟台龙口，著名作家张炜热情地接待了他们，喝酒、吃海鲜、聊文学，之后张炜把王少坤介绍给了当地的葡萄种植专业户。面对大海边漫山遍野的葡萄架，夫妇俩像小孩子一般欢呼起来，一人一把小剪刀上下翻飞，很快就采摘了两三百斤优质葡萄，随即倒进了随车带来的两个巨大的不锈钢桶中。夫妇俩跳进钢桶，现场踩踏。王少坤说，"那个时候，我们似乎回到了烂漫的童年，无忧无虑，无拘无束。而且很奇怪，我脑海中出现了莫言《红高粱》中酿酒的场面，其实，我的葡萄酒与高粱酒何止天壤之别。"这几年，王少坤夫妇每年夏天都要去烟台，一路上看看风景，见见朋友，而酿酒反倒成了一件顺便的事儿。当然，经过多年摸索，王少坤的葡萄酒已日趋成熟。走进他的酒窖，琳琅满目的酒瓶、酒架、橡木桶、过滤器、检测器，俨然成了一个专业的葡萄酒酿造车间。

1989年到2001年期间，王少坤作为中国援非医疗队的专家、翻译，在坦桑尼亚工作两年，其后又作为企业顾问在非洲工作、生活了六七年。他曾经和不少部落长老、酋长一起聊天喝酒，彼此成了非常好的朋友。"非洲人一见面，就热情地拥抱，嘴里喊着'卡里布''卡里布'，也就是'欢迎'的意思。"当王少坤自认为自己的葡萄酒已经能够"摆上台面"的时候，"野心"自然也大了起来，他要给自己的葡萄酒起一个响当当的名字，这个时候，"卡里布"三个字不由分说地蹦了出来。这几年来，王少坤的"卡里布"已经成为朋友们聚会的"特供酒"。作家苏童堪称葡萄酒品酒专家，每每喝起"卡里布"总啧啧赞叹，让"卡里布之父"王少坤倍感鼓舞。聚会上，王少坤得意地频频举杯，"卡里布，卡里布！"

2015.03.09

时间剪影

把人间冷暖摄进镜头

用镜头和时间赛跑

冯方宇今年 37 岁，胡子拉碴，风尘仆仆，整天挎着他硕大的相机走街串巷。1999 年从南师大美术学院毕业后，冯方宇做了 8 年广告设计工作，然后就开始了自由摄影家生涯。他的镜头聚焦于南京明城墙、陵墓石刻、民国建筑，还经常开着车全国各地到处跑，遍及河南、河北、辽宁、北京、陕西等地，专门拍摄陵墓、石刻、园林。慢慢地，年轻的冯方宇开始有了一种"历史感"，他的镜头语言捕捉着关于时间、速度、记忆、遗忘的秘密。几年前，他开始拍摄沪宁铁路区间站，这是一个文化情结，更是一种人文使命。

沪宁铁路于 1908 年 4 月 1 日全线通车，当时线路全长 311 公里，由上海北站至南京下关站，沿途共设车站 37 个。1928 年至

1949年，因南京是民国首都，该线路曾被称为"京沪铁路"，是长三角重要经济动脉。新中国成立后，作为全国最繁忙的铁路之一，沪宁铁路几乎成为一个时代的缩影。冯方宇小时候经常乘坐沪宁线火车，长大后更是经常沿着这条路线出差，"印象最深的是那一座座小站，或精致整洁，或凌乱破旧，但都有自己的个性，仿佛一个个活脱脱的生命。"当冯方宇将镜头对准它们的时候，记忆一下子苏醒过来：苏州望亭站，花木婆娑中一间小巧玲珑的木屋，清雅而质朴；上海黄渡站，淡黄色外墙，金黄色坡顶，端庄而内敛；镇江高资站，花格窗、重木门、水泥墙，其"乱搭"风格带有特殊年代的影子；常州新闸站，青砖黛瓦，小巧玲珑，破旧之中带着一种历史的沧桑……冯方宇沿着这条铁路线，追逐着一个个区间站，仿佛寻访故乡久违的朋友。

然而，任凭冯方宇脚步匆匆，相机咔嚓声不断，也无法追赶这些小站消失的速度。"很多小站几年前还在，再去的时候就不见了，"说起这些，冯方宇怅然若失。改革开放以来，在历次火车提速以及多条高铁通车之后，这些区间小站相继结束了客运使命，有的被废弃，有的被拆除，原先因车站而集结的经济圈、生活圈失去了吸引力，乡镇经济中心转移，人群迁徙，经济与社会生态发生了巨大改变。

作为一个自由摄影家，冯方宇常常是"独行侠"，他说这是为了更好地思考，用镜头和历史对话，与时间赛跑。"摄影是一门遗憾的艺术，稍微迟一点，很多东西就从眼前溜走了，永远也没有了，你无法补救，更无法复原。这些老火车站，作为历史遗存，很有价值。"在冯方宇的记忆中，无锡硕放站边有一条老街，就叫车站路，当年理发店、杂货摊、小饭馆、洗澡堂应有尽有，非常繁华，而这一切，随着硕放站的停运，几乎一夜之间消失了；常州戚墅堰站，是红屋顶，西式建筑，很漂亮，说拆就拆了，因为对面就是高铁站；丹阳陵口站，是 20 世纪五六十年代的建筑特色，2008年左右还完好保留着，后改成仓库，去年终于还是被拆掉了。"其他如苏州浒墅关站、上海安亭站、常州横林站，都不可避免地被拆除了。时代在发展，我们不可能让这些老建筑都能完好地保留下来，但我的镜头要给历史留下一点记忆，一个见证！"冯方宇认真地说。

几年当中，冯方宇沿着沪宁铁路拍摄了二三十个区间站，他的镜头自然还伸向了小站周边的风貌，城市、乡村、个体、人群……冯方宇举例说，多年前，这些小站边的居民可以在区间站乘车，几块钱的车票就可以去邻近城镇串门。晃晃悠悠坐着慢火车，每到一站，都可以停留几分钟，此时乘客可以下车透透气，或者探窗买上几盒当地的特色小吃：苏州的卤汁豆腐干，甜而不腻，用牙签插着品尝，别有风味；无锡的肉骨头、面筋包，是实惠的送礼佳品；到了镇江，水晶肴蹄拌香醋，人间至上美味……

当人们坐在高铁上疾驰而去时，沿途的风景倏忽而过，人们总是来去匆匆直达目的地，却失去了慢火车时代的审美。"我仿佛那个中途下车的人，逐站寻访沿途城镇乡村，提醒人们被忽略的风景。这些安宁的存在，仿佛一句呼唤：'请慢点走，等一等你的灵魂。'"冯方宇还提醒人们注意"生长"与"消失"的关系：那些高铁与老站并置的土地，仿佛两个时代的并存，新时代在生长，旧时代在消失；高铁线路拔地而起，农耕村庄退出舞台——"我们欢迎时代的进步，不过，我们还应该经常看看过去！"

用镜头重新寻找自我

张虎生在网上写过一个帖子："很多老年人跳广场舞，不在于舞姿有多优美，旋律有多动听，而在于这一切都与自己的青春有关，因而，他们都成了自己的看客！"张虎生不愿意做这样的看客，他每天戴顶太阳帽，穿件马甲，斜挎着相机"扫街"，"不是看自己，而是看别人"。

2000年，张虎生从省政府研究室退休，"30年工作弹指一挥间，每天和公文打交道，人生其实不属于自己。"退休的那一刻，张虎生感觉人生刚刚开始，想到的第一件事是文学创作，这是当年插队苏北时就萌生的梦想。他开始写散文、写小说，作品频频见诸报端。2003年，张虎生的中篇小说《尘土飞扬》在《钟山》上发表，他把杂志拿给老伴、儿子看，兴奋得手舞足蹈，继而郑重地对老伴说，"今后不要指望我陪你逛公园，"又郑重地对儿子说，"也不要指望我给你带孩子！"

正当"文学新人"张虎生在创作中如鱼得水，命运和他开了一个小小的玩笑。2004年，他患上了严重的前列腺疾病，开始烦琐的中西医结合治疗。老朋友上门探望，张虎生乐呵呵地打比方，"西医就像'严打'，见效快，但副作用大；中医就像'治理'，见效慢，但能固本。"他说，老年人生病很正常，不要太在意，"你忘了它，它就可能忘了你！"很快，张虎生每天"该干嘛还干嘛"，只是因为不宜久坐，只能写些短小的随笔、评论，"有时站在电脑前，急就章，三下五除二把稿子写好，马上发给各家催稿的编辑！"

"很多人退休了，就把自己与世界之间的大门关闭了，走向自我放逐之路。"张虎生说，他要重建自己与世界之间的联系，考虑

时间剪影

用另一种方式"写作",那就是摄影,这也是他年轻时没时间、没心力发展的爱好。2005年,张虎生买了一台索尼717数码相机,"我不满足于自然摄影,要搞人文摄影,我要做一个用相机创作的'行吟诗人'。"他的镜头下,有端着破碗追着行人的乞丐,有被城管赶得到处跑的摊贩,有刚刚进城眼神怯生生的二代民工……张虎生在著名摄影网站"色影无忌网"上注册了一个ID,标题是"记录,从身边开始",每天上传照片,10年累计上万张,粉丝成千上万。他还在"橡树摄影网"担任"摄影主席",每天批改大量网友发来的"作业",回答各种各样的提问。

"看世间万象,品人生况味。"张虎生的人文摄影,有浮光掠影的扫描,更有深刻细腻的挖掘。他多次深入城中村,用镜头记录民工的生活点滴、喜怒哀乐。在他的镜头下,城中村街巷狭窄、垃圾处处,民工们每天为了生计辛苦劳作,光鲜、繁华的城市仿佛与他们绝缘。

为了给自己"充电",张虎生购买了大量摄影书籍,尤其是法国布列松、巴西萨尔加多、捷克寇德卡等人文摄影大师的著作对他启发良多,诸如如何捕捉瞬间、关注底层、聚焦事件,等等。"老年人仍然是社会的主人。"2006年,张虎生发起了一场热烈的"新闻事件"。他前往医院"直播"一位20多岁的尿毒症患者,立体式、全方位地展现患者的困顿,专题名叫《一个人的冬天》,正是他几年前一篇小说的标题。很快,多家媒体跟进,各种捐款、慰问纷至沓来,让这位年轻的患者感到了人间的温暖。

"老年人不能活在记忆里,而应该活在当下乃至未来。"几年来,张虎生仿佛焕发了青春,除了摄影,还研究茶道、电影、古玩,为一家文学期刊做特邀编辑,每天站着审阅大量稿件。张虎生说,他在"文革"时偷偷看过苏联作家杜金采夫的小说《不是单靠面包》，明白了一个道理，一个人只有走出自设的藩篱，才能走向广阔的天地。"老年人在健体的基础上，还要健脑、健心。对生活充满好奇，对自己充满期待，对社会充满情怀，这才是完整的人生。"

用镜头捕捉生活滋味

谷以成是机关公务员，也是一位自由摄影家。每一个初见他的人，都感觉他是一位邻家大叔，热情、爽朗，黝黑的脸上堆满笑容，随时可以和任何人打成一片。他用随身携带的相机或手机，捕捉着生活的点点滴滴，每幅照片以时间编号，列标题并附上简短评语，随时发朋友圈与大家分享。

在谷以成镜头里，最多的人物是小巷里的小商小贩，他们长年累月地忙碌着，有苦涩，也有欢乐。4月15日的《敬业》中，小巷里贴烧饼的小老板憨厚实在、笑容可掬。贴饼的10多道工序，每一道都一丝不苟。谷以成说，"饼店小老板，手掌关节粗，他说都是揉面揉的，别看块把钱的饼，从和面到炕好18道工序呢，少一道就不够味。"在4月1日的《味道》中，一位烤红薯的大妈，被裹挟在人海里，叫卖着自己烤的红薯。照片下，谷以成配了一句话，"都说她的烤红薯又香又甜，但谁知道香甜里面有着的苦涩。"3月11日的《皮匠》，面对这个行业逐渐被现代社会所淘汰，谷以成充满恻隐之心，"当官的、老百姓，有钱的、没钱的，总要穿鞋啊。"

在谷以成眼里，这些小巷里的小人物，也有他们的追求，有自己的尊严，某种意义上说，他们身上承载着比我们很多人更为可贵的品质。在4月14日的《拾荒》中，一个流浪汉坐在花坛边看报纸，谷以成深有感触，"流浪的灵魂，也可以片刻安宁。"4月2日的《流浪》中，谷以成详细记录了这位流浪者，"他不要别人的施舍，自己捡些破烂换生活费。镜头外的地方，还摆了几个肉类植物的小花盆，随你丢几个钱，都可以拿走。他强调，我不是要饭的。"

在拍摄小巷人物时，谷以成尤其注意抓情感细节，他认为，作为摄影家，每一寸光影，都应该倾注自己的感情。4月23日的《宝贝》中，一个小孩捧着书沉入梦乡。谷以成回忆说，那次在街头，看到这个小孩，心里立刻化开了，轻按镜头并配上一行诗性文字，"一朵洁白的云，静静合上的童话书，风也蹑手蹑脚地绕开。"同样，4月6日的《儿时》中，一个小孩拉着玩具汽车在玩耍，谷以成发出诘问，"我们的梦呢？那根牵着梦的线呢？"3月19日的《沉浸》中，一对恋人在公交上扮着鬼脸，谷以成把这个细节摄入镜头，"一切都是幸福的模样。"而3月7日的《爱情》中，一对步履蹒跚的老人在散步，谷以成说，"不即不离，亦步亦趋，几十年了，一直这样。"

谷以成的镜头里，处处洋溢着生活的滋味。3月21日的《自娱》中，一个老人带着扩音设备独自在玄武湖边跳舞，打扮得像上海小开一样。"有的梦想，也许要伴随一辈子。"回忆当时的情景，谷以成感觉特别美好，"生活的滋味，其实都来源于自己的酿造。"谷以成同时用镜头告诉我们，酸甜苦辣就是生活的滋味，是生活的本质。3月31日的《祖孙》中，一个老人孤独地牵着狗，面对镜头，她有点受宠若惊地说，"乖乖，头抬起来，给我们照相呢！"3月30日的《核心》中，一个工人在地下工地看手机，"能钻通地心的钻机打不通回家的路，再魅力的城市比不上手机屏保上的家人。"

谷以成还是一个作家，2013年推出散文集《金陵小巷人物志》，以清新而温暖的笔调表现都市小人物的平实与真诚。如今，谷以成正用镜头书写另一本《金陵小巷人物志》。他用松下 LX5 相机或者三星 N4 智能手机，随时记录小巷人物的生活细节，尽量少做后期处理，还原生活本来的风景。谷以成说，"与白领以及所谓的社会精英相比，这些小巷人物或许有点灰暗，有点卑微，但他们通过自己的努力，用自己的一技之长，拥有自己的人生，也许，他们更值得我们尊敬！"

2014.04.05

文化杂弹

《我是范雨素》，一个真实的社会学文本

这两天，一位44岁普通育儿嫂范雨素的文章《我是范雨素》突然之间刷屏，成为微信爆款。困顿的家庭，不幸的婚姻，苦难的人生，大时代背景下个体的挣扎与向往……范雨素质朴、节制的文字背后，是中国当下活生生的社会现实，是底层人一地鸡毛的生命轨迹。从文学本身来说，这篇文章无论从艺术还是审美来说，也许都算不上有什么特别之处，但范雨素娓娓道来的文字所触碰的东西，恰恰是当下文学所漠视甚至淡忘的。如今，不少作家或者热衷于衣锦还乡式的"乡愁"，或者热衷于宏大叙事式的"启蒙"，或者热衷于穿越玄幻式的"钩沉"，脚下的这片土地对他们来说日渐陌生。正是在这样的背景下，《我是范雨素》的出现令人们心里一动，让日渐小众化的文学，有了对现实生活一份沉甸甸的凝望。

这些年来，一些底层文学也涉及范雨素所反映的社会现实，但不少是居高临下的隔靴搔痒，是愤青式的情绪宣泄，对现实的理解

时间剪影

往往是概念化、机械式的。相比较而言,范雨素的文字,充满着生活的烟火气,浸透着个体在社会中的艰辛与无奈,一点一滴都体现了作者的真切感受,于朴素无华中蕴藏着大时代背景中小人物的心灵悸动。尤其难能可贵的是,范雨素在困顿人生中怀揣文学梦想,文学对她来说是精神港湾,成为她卑微生活中的一抹亮色。从某种意义上来说,《我是范雨素》相对于各种研讨会上被捧上天的作品来说,可能更加接近于文学的本质。或者可以这样说,"范雨素"给混沌的文学界吹来了一股清新之风,让人们明白,最高贵的文本也比不上一篇朴实无华、真正能打动人心的作品。

《我是范雨素》一夜之间受到了网友热烈追捧,并且迅速由文学热点演变为社会热点,正是因为让大家产生了一种强烈的"代入感"。从某种意义上说,在今天这个社会,有无数个范雨素,同样漂泊无依、焦虑彷徨、为生存而奋斗。无数人需要《我是范雨素》这样一个文本,浇自己胸中之块垒。这个时候,范雨素的这篇文章,已与文学无关,而成为一个细腻、生动的社会学文本,每一个人都希望从中摘取自己所需要的那一部分。一个普通的育儿嫂,就这样在无意之中,成为无数网友的"代言人"。而对很多沉浸于玄幻穿越之中的 90 后年轻人而言,《我是范雨素》所描写的人生和现实,是一种异质的"陌生化",理所当然对他们产生了一种心灵上的震撼。或许可以这样说,《我是范雨素》这个文本,无形之中成为当下时空中的稀缺资源,一夜之间爆红也就在所难免了。

然而,随着《我是范雨素》的爆红,我们现在尤其需要注意以下几种倾向。从文学的角度来说,很多专家习惯于用某种身份来"反衬"文学本身。正是在这样的反衬之下,文学标准往往就成为虚无缥缈甚至无足轻重的东西。其实,文学标准只有一个,那就是审美和思想。因此，在这一轮的文学热之中，我们希望评论家的评论还是应该回到文本、文学本身，因为，无限拔高、上纲上线的溢美之词，足以让一点点的文学火苗熄灭。如今，新媒体层出不穷，善于抓热点和痛点是其本能，但也不排除某些媒体为了吸引眼球刻意制造、包装热点。伴随着范雨素的"横空出世"，无数个媒体开始追逐范雨素，刨根究底式的挖掘，一哄而上式的"缠访"，将摧枯拉朽般地打破范雨素正常的生活节奏，甚至会把她从原先的生活轨道上硬生生地拔出来。在这样的消费之后，一个活生生的范雨素也许很快就消失不见了。从网友的角度来说，如果仅仅把范雨素的文章当作一碗热腾腾的鸡汤，那就与价值本身背道而驰了。

说到底，"范雨素"是一个文学现象，更是一个社会热点。它成为一面镜子，折射出了当今文学和社会的百态。我们今天面对"范雨素"，更多地应该深刻反思文学、社会本身，而不应该将"范雨素"仅仅当成一个消费的对象。每个人都是一部史诗，从一定意义上说，我们面对"范雨素"，正是面对我们自身，但愿我们每个人都能从中重新发现自己。

2017.04.27

时间剪影

中国人的吉尼斯情结

中秋节期间,四川成都都江堰市组织2380人同时打麻将,场面壮观、热烈,创造了最多人数同时打麻将的吉尼斯世界纪录。在此之前,江西宜春举行了"万人泡脚首创大世界吉尼斯纪录"活动,来自各地的1万多名游客,在宜春明月山风景区温汤镇创造了新的吉尼斯纪录。两项吉尼斯世界纪录,再次用"人海战术"向人们展示了一些中国人对这个项目的热衷。

目前,中国拥有吉尼斯世界纪录454项,世界排名第七。这个被称为"普通人的奥运会",其精神实质本是挑战极限、超越自我,而一些中国人却热衷于创造"高大全"的"奇迹":四川什邡造出了重达5吨的水豆腐,辽宁2000多人合奏古筝,云南临沧千人甩发舞……还有最大的饺子、最大的月饼、最高的宾馆,等等,这些"世界之最",往往成为数字的堆砌、规模的膨胀,无法给人惊喜,更谈不上激发人的创造激情。近年来,这类吉尼斯活动越来越多,在追逐数量、规模的同时，一些项目还走向了庸俗化、低俗化，一些机构更是乐此不疲，为商业宣传或政绩工程玩噱头、造声势，中国人的吉尼斯情结得到了进一步强化。

中国人对吉尼斯的了解只有短短一二十年历史，但从普通民众到商业机构乃至政府机关，对吉尼斯证书的热衷与渴求远远超过了其他国家。北京玩"千台万人乒乓球"，组织上万人"鸟巢"前打乒乓球；长春则搞了一幅面积为3715.86平方米的万人手印画卷，成功打破3600平方米的吉尼斯世界纪录。可是，面对这样的"你争我夺"，很多人都在问，这有意思吗？吉尼斯纪录在国外是一种娱乐性消遣，但是，现在不少中国人将此当成了玩数字的游戏，其高涨的热情，超过了脚踏实地的拼搏。

其实，在宏大场面之外，这些吉尼斯纪录缺乏个性与创造性，也缺乏生命的激情与惊喜。而且，热衷于数量与规模，其实也是为了掩盖"内涵"与"质量"的不足，说到底还是一种文化自卑心理与创新力的匮乏。

挑战吉尼斯纪录的意义大与不大，不是看破纪录的绝对数字是如何变化的，而在于衡量突破纪录的行为对社会的作用和创新价值有多大，以及为达到目的所采取的手段如何。吉尼斯的尺度是世界之最，但并非任何"之最"都有意义。吉尼斯纪录应该是人类生命成就之最，测量出人类无限的潜能和极限的成就。吉尼斯纪录的创造者和参与者应当心态平和，追求自身幸福和让别人分享快乐，如果仅仅为创造一个纪录而浪费人力、物力和财力，或者不择手段，那就与初衷背道而驰。

也许，我们可以从外国几个吉尼斯纪录中得到启示：美国诞生了只有61厘米高、122厘米长的"世界最小公路汽车"，日本用10

万 4840 个废易拉罐码出世界最大艺术品，一些国家正在攻关制造世界上精度最高的机床和最节能的汽车、编写世界上最准确的电子辞典……对照这些，那些热衷于数千人同时打麻将、上万人同时洗脚的"壮举"，显得多么渺小、可笑！

2013.09.26

人人争晒"A4 腰"的背后

继"马甲线""反手摸肚脐""锁骨放硬币""酒窝放笔"等一系列晒身材的潮流之后,网络上最近兴起一股奇怪的新热潮——晒"A4 腰"。"A4 腰",顾名思义,是指腰的宽度小于一张 A4 纸的宽度。明星、网红乃至普通人纷纷拿起 A4 纸抵着腹部自拍,一时间成了一种席卷网络的时尚。一张 A4 纸,竟然成为一个泛滥的时尚道具,实在让人匪夷所思。

随着 A4 腰的风行,可谓"几人欢喜几人愁",无形之中就对很多女性产生了强大的压力。试想,当无数女性打开手机的时候,那么多的 A4 腰一下子在眼前绚烂起来,自惭形秽之余,该有着怎样的世态炎凉。而且,这种挟裹之势,往往不由分说。"没有 A4 腰,过不去这个夏天!"这样"声色俱厉"的断喝,已经成为一种网络暴力。

A4 腰出现之后,很快就被商业这只"眼睛"死死盯上了。比如说，一款系列打印机就乘势"搭车"，先说了一通 A4 腰，而且还"鸡汤"式地谈了一通女性健康与审美之后，马上话锋一转："它并不像普通的打印机只能接受 A4 纸，而是能够适用于 A4/A5/B5/16K 等多种尺寸纸张的打印，打印银行票据、医疗处方单等小尺寸纸张都不在话下。"就连一款智能插座也凑上了热闹，宣称自己就是"A4 小蛮腰"，真是风马牛不相及。更让人不可思议的是，某商业地产也宣称自己是"商业地产 A4 腰"新标准，因为自己正是追求极致的"美"，真是让人跌破了眼镜。更让人想不到的是，一家网站上推出系列 A4 腰，美女们手持 A4 纸搔首弄姿，而 A4 纸的题头是一个个高校的校名，这种"天衣无缝"的植入广告不愧来源于象牙塔。

"楚王好细腰，宫中多饿死"，古往今来，女性审美被打上了强烈的男权色彩，上演了一出出悲剧。有人说，网络时代的女性争秀自己的身材，恰恰是一种女权意识。不过，在这场狂欢中，女性表面上是一种主动，更多的则是一种被动，与其说是张扬，不如说是自虐。所谓女权的影子，其实更多的是一种男权暴力。一定意义上可以说，女性自己和男性实现了"合谋"。当无数女性兴致勃勃地在网络上晒 A4 腰的时候，已经沦为一种自暴自弃。人类的解放史，一个重要的方面就是身体的解放，为此，人类进行了艰苦卓绝的斗争。没想到，生活在现代社会的女性，表面上摆脱了各种束缚，然而，一张 A4 纸，似乎又主动为自己戴上了一把枷锁，这是一种真正的悲哀。

反手摸肚脐、锁骨放硬币、争晒 A4 腰，这些怪诞的行为，更多地是一种病态的审美泡沫。欲望消费的狂欢，日渐走向庸俗化、恶俗化，体现了文化内质的浅薄、腐朽，暴露出网络时代大众心灵空虚苍白，任由身体成为自己挥霍的对象。现代人尽管是一种理性的动物，但更多的时候却纷纷陷入非理性狂热之中，甚至与科学背道而驰。健康专家指出，这种过分追求"瘦"的做法其实很不科学，甚至于还严重影响健康。不过，这样的忠告对很多人并不起作用。因为，在这样的风潮中，很多人生怕自己落伍，争晒A4腰体现了一种"姿态"，人人唯恐落后。存在感，在这个喧嚣的时代，对一些人来说，有着致命的诱惑。

用A4纸衡量腰部，更多的是一种恶作剧，也谈不上有什么风雅与情怀。古代很长一段时间中，女性之瘦也是一种审美追求，"樱桃樊素口，杨柳小蛮腰"，"杏脸香销玉妆台，柳腰宽褪罗裙带"，古人在这方面显得含蓄温婉，而"A4腰"之类则粗俗直白，充满了工业社会的蛮横之气，也体现了现代人审美上的羸弱与"不择手段"。让人猝不及防的是，A4腰风头正盛，网上又在争晒"i6腿"，要求两腿并排膝盖不能超过iPhone6的长度！谁能告诉我，明天还会玩出什么新花样？

2016.03.31

时间剪影

《牡丹亭》能万人齐唱吗

春暖花开,各种传统文化活动多起来了,为文化传承搭建了重要平台。不过,这其中的不少文化活动,往往热衷于广场人海战术,追求的是数量庞大、声势浩大、夺人眼球,却与文化本身的特质背道而驰。

如今,一些传统的文化活动在广场上多起来了,它们无疑活跃了百姓的文化生活,也是一种很好的文化传承。但我们也注意到,一些广场传统文化活动,更强调场面、热闹,动不动就冲击个吉尼斯,却少了文化应有的内敛、内涵。"百人齐舞""千人齐奏""万人齐唱",场面恢弘,气象万千。你搞一个"千人齐奏葫芦丝迎春耕",我就搞一个"万人齐拉二胡庆佳节",无论什么文艺形式,不管三七二十一,全部拉上一大群人,轰轰烈烈、群情激昂地热闹一番,而很多这样的"吉尼斯活动",与传统文化本身的格调却是大相径庭的。

"原来姹紫嫣红开遍，似这般都付与断井颓垣。良辰美景奈何天，便赏心乐事谁家院？"昆曲《牡丹亭》，柳梦梅与杜丽娘的爱情悲剧令人感慨唏嘘。然而，当一万人聚集在广场上齐唱《牡丹亭》，一万个杜丽娘，一万个柳梦梅出现在你面前，那是一种怎样"壮观"的景象？很显然，昆曲那种九曲回肠、细腻婉转，已经被集体式的喧嚣、张扬、粗鄙完全遮蔽了。这样的《牡丹亭》，让人不忍卒听，甚至成为一种残忍的亵渎。本想弘扬传统文化，却变成了彻底的解构与伤害，不知道汤显祖听到这样的《牡丹亭》，会是一种怎样的滋味。更离奇的是，这个"规模最大的昆曲齐唱活动"，还创下了大世界吉尼斯纪录！这种用数字堆砌出来的之最，对一个城市而言，到底有怎样的价值呢？

　　近年来，传统文化热席卷全国，这当然是令人欣慰的好事。但也有一些人热衷于把弘扬传统文化作为一项机械式的"工程"，追求的是规模宏大，轰动效应，人海战术便成为习惯性动作。这样的所谓传统文化活动，不但扭曲了传统文化内涵，而且消解了传统文化精神。比如说，现在很多地方热衷于汉服热、汉式成年礼，追求规模庞大的同时，对其规制、细节、程序却缺乏深入研究，更缺乏文化反思，往往牵强附会、生搬硬套。

　　说严重一点，那些不合时宜、不符合文化本身特点的广场人海战术，是另一种政绩作秀，沾染了这个时代的浮华、空洞，助推的是文化浮躁症、虚无症。打着传承文化的幌子，却掏空了传统文化的精髓，其实在伤害传统文化。而且，人海战术还掀起了一种运动式文化，吹起了一个个巨大的肥皂沫，不仅无法感动人心，甚至还浊化心灵。

　　文化传承，本是水滴石穿的过程，讲究的是润物无声。比如说，一曲《牡丹亭》，一曲《二泉映月》，本适合人们在一个特定的舞台，甚至就在一个偏僻的角落细细品味，在如今这个功利化的时代，这些传统优秀作品中的审美情趣，本可以为人们的心灵提供深沉的慰藉，只是，在喧嚣的人海战术面前，这些传统艺术已经成为可以任意批发、复制的大宗商品，那种婉转、雅致，已经伴随着空洞的浮华消失得无影无踪。

　　文化审美，常常是个体的、优雅的，尤其是中国传统文化，那种诗意的、写意的审美，不是都可以拿到广场上"万人齐唱"的。宁静与优雅，清新与质朴，这些都是传统文化的精髓，需要我们怀抱虔诚与敬畏。弘扬传统文化，首先要"有文化"，要有最起码的文化审美素养，否则，就会用伤害文化的方式来"传承"文化。其次，要克服功利心态、实用主义、运动式的传承方式，想一网打尽，做一锤子买卖，注定了事与愿违。为了弘扬传统文化，适当进行一些广场造势有其必要，但我们不能把什么东西都往里面装，更不能盲目追求数量规模。文化传承需要踏踏实实的呵护，需要给传统文化营造良好的生存环境。

2014.04.17

挑战底线，恶搞就成了亵渎

最近，一段名为"精神病医院合唱团演绎黄河大合唱"的2分多钟视频在网上流传，引发众多网友围观。视频是某单位的年会，四男八女站在舞台中央，随着音乐对口型唱得摇头晃脑，像小丑一样吹胡子瞪眼睛，女指挥则随着音乐节奏扭曲着、抽搐着。经典音乐《黄河大合唱》就这样被表演者以浮夸、庸俗的表情和动作全程恶搞，引得台下哄笑不已。据了解，以另类形式表演的《黄河大合唱》，这几年竟成为单位年会或晚会的热门节目，甚至还曾被搬上电视荧屏，得到了一些评委的"盛赞"。

然而，面对这样一个视频，我们却笑不起来，心里反而有一种深深的刺痛感。众所周知，《黄河大合唱》是由人民音乐家冼星海谱曲、光未然作词的影响力最大的一部交响乐，它以黄河为背景，再现了抗日战争的壮丽图景，展示了中华民族誓死抗战的战斗决心。而在这个恶搞视频中，原歌曲的悲壮与崇高被消解一空，相反充满了滑稽与猥琐,其审美价值在"群魔乱舞"中被玩弄和嘲讽。有人却对大家的愤慨不以为然,认为只是单位的一个年会,图个乐而已,何必当真呢!然而,这样的恶搞,扭曲了历史意义,亵渎了民族情感,如果不当真,又有什么值得我们敬畏呢?

这是近年来文化恶搞的又一个典型案例。网络化时代,文化恶搞有愈演愈烈之势,普遍具有碎片化、空心化、庸俗化的特征。比如说,一些"段子"式视频、图片、故事等,经由个别网友制作、传播之后,马上如流感一般传播开来,并以一种"时尚化"的裹挟之势席卷"朋友圈"。如前几年的"杜甫很忙",倒不是杜甫不能拿来"开玩笑",但很多网友一路"脑洞大开",恶搞越来越离谱乃至于超越底线,诗圣俨然成了"跳梁小丑"!紧接着,一些优秀传统文化,如"梁祝""红楼梦"等,也不时地被网友拿来恶搞,爱情价值与悲剧意义在网友们的嬉笑之中化为乌有。对当事人来说,或许就是小圈子内的自娱自乐,但网络化时代,一个很小范围的传播也很容易被无限"扩容",其负面影响往往始料未及,恶搞《黄河大合唱》就是一个典型案例。

"恶搞"本是一个中性词,其中有一些体现了个性与创造性,有的与深厚的文化基础、新锐的文化审美与价值取向联系在一起,充满了智慧、讽刺与诙谐,往往让人在会心一笑的同时有所思、有所得。举一个简单的例子,法国经典喜剧片《虎口脱险》中对德国鬼子的恶搞,在外在的夸张与调侃中,蕴含着内在的悲悯。周星驰的电影《九品芝麻官》《唐伯虎点秋香》中,也有不少恶搞的桥段,不过,这些恶搞在表面的玩世不恭中,却表达了追求正义、讴歌爱情的价值观,因而受到观众的热烈欢迎。

网络化时代,我们当然不必对恶搞现象一味地上纲上线,乃至于过度解读。但我们应该清楚地知道,一个民族总有一些宝贵的东西不能被恶搞,比如一些严肃、崇高的文化经典,就不能随意被解构,不能因为一时兴起去挑战历史价值、民族情感、公序良俗,否则,这样的恶搞就成了亵渎。

2018.01.30

流年品味

600 年古村落的文化自救

2013 年 1 月，我走进拥有 600 年风雨沧桑的无锡惠山区村前村。这座普通的江南村落，粉墙黛瓦依稀可见，却难掩其斑驳沉郁的尴尬境地。她曾孕育了胡壹修、胡雨人、胡敦复、胡明复、胡刚复等近百名教育家和科学家，堪称中国近代乡村教育的"摇篮""乡土建筑的露天博物馆"。然而，自 2004 年以来，这座古老的村落在城镇化潮流中遭遇拆迁的命运。面对隆隆而至的推土机，村民们没有住进现代化新居的激动，有的是愧对历史、愧对祖先的疼痛，于是，一场大规模、持续性的"文化自救"开始了……

600 年村落，文化信息触手可及

从高楼林立、浓雾弥漫的都市走进村前村，清新雅致的气息一时间扑面而来：一排排古老的马头墙清晰可见，一座座质朴的古民居触手可及。沿着时断时续的青砖路前行，除了明清风格的江南民居，还有民国时期、新中国成立初期等不同时代、不同风格的乡村建筑。

走进朝东巷35号，眼前起伏的山墙、别致的花窗勾勒出一派江南气息，而那些烧夜宵的小壁炉、被日军烧毁残存墙基的转盘楼、百年树龄的老桂树则诉说着历史的沧桑。老街上，一排低矮排屋是当年太平军的驻地，祠堂场建于清同治年间的老宅至今还是木板门，屋檐下"1654"的门牌号清晰可见，还有那水沟头的民国楼房，考究的木楼梯、高耸的风火墙、精美的雕花门头，深厚的文化底蕴令人沉醉。

村前村有31个姓，很早的时候就有了类似义庄、义田等的公益事业。村民们自豪地告诉我，我国著名教育家、水利学家胡雨人是村前村人，当年东渡日本，参加了同盟会，归来后和胞兄胡壹修及村里有识之士于1902年创办"胡氏公立蒙学堂"，如今，胡氏公学原址上为村前小学，当年的钟楼尚在。胡雨人认为当时日本盛行的晴雨操场十分实用，便将其理念引至无锡。

胡氏兄弟还开创了众多"第一"：1914年，创办天上市村前图书馆，成为中国最早的农家图书馆；同年建造的天上市村前公园，是中国最早的乡村公园；胡氏初级中学是无锡乡区第一所私立中学，被誉为"中国科教文化的摇篮"；胡和梅及其子胡壹修、胡雨人兄弟设师范传习所为新学培养师资，是无锡地区师范教育之始；胡氏公学分设女子部，为近代女学之鼻祖。

在文化陈列馆里，胡雨人研究会会员、今年62岁的村民胡迎建指着墙上的"胡氏三杰"展览如数家珍：胡敦复是中国第一所私立大学大同大学的创始人；胡明复是中国第一个荣获美国博士学位的数学家，中国科学社奠基人，中国第一份科学杂志《科学》月刊创办人；胡刚复是中国第一个中国留美物理学博士，我国现代物理学的宗师奠基人……

这个古老村庄如今还传承着传统民风，很多人家都是几世同堂。据村史记载，村前村的好儿子、好媳妇、好公婆、文明家庭不计其数，左邻右舍皆是"兄弟姐妹"。

自20世纪70年代以来，居民的住房建设经历了由慢而快的改造历程：1972年，公社同意村民在老宅基地上建平房；1976年，公社推行居民点，各村拆旧建新；1984年，全村社员都住进了"兵阵式"楼房；1987年，村里有农户建起了别墅；近年来，随着拆迁的加快，全村约有三分之一的村民迁入了长安街道堰新社区。

惠山区是无锡市"双置换"试点区，农民以住宅置换安居房、以土地承包经营权置换城镇社会保障，农民变成市民。村前村书记孙国炎告诉我，2004年12月，整个村前村的土地被征用，从此，村前村响起了推土机的隆隆声。

痛定思痛，村民走上自救之路

72岁的村民胡耀庭，曾经担任村干部20多年。他是当年的"老高中生"，自豪地认为自己是同辈里的"文化人"。面对推土机的隆隆声，他在日记里赋诗一首："拆迁是大势，文化真坚挺，不下苦功夫，成功难上难！"同样，在推土机的隆隆声中，村民们心底也突然有了一种疼痛。他们或许不知道，这种疼痛就叫"文化"。于是，为了保护和抢救这个古老村落，村前村人开始了旷日持久的文化自救。

时间剪影

"要把村子从推土机下抢救出来，我首先想到的是'修史'，只有这样，才能为保护村子找到充足的依据！"从 2005 年开始，认真而执拗的胡耀庭毅然下定决心撰写村史。酷暑，他用一盆清水，把脚伸进去纳凉；严寒，他钻进被子，奋笔疾书。3 年时间中，他硬是一个字一个字码出了长达 570 页的村史！

"当村史写成时，我深深出了一口气。从此，村前村就拥有了白纸黑字的历史了，她不会被抹去！"胡耀庭的口气中透着一种悲壮。

捧着这份沉甸甸的村史，很多村民一下子拥有了自豪感。不过，胡耀庭还不满足，他很快想到了一个新点子：手绘历史地图。他翻遍了村里的资料，又多方搜寻，终于发现了几张 20 世纪五六十年代的地图。根据这些资料，他把村子历史上的角角落落、方方面面都收进了历史地图中。胡耀庭发现，村里很多水田、旱田、桑田都消失了，大多数村舍也已经被翻修过，只保留下 100 多处老建筑，如今，它们正在和推土机进行着激烈的赛跑。

村史和地图，可谓村民们的"护身符"。不过，村民们觉得这还不够，于是，2009 年 3 月，村前村推出了一个惊人的创举：胡雨人研究会正式成立！"机关刊物"是《胡雨人研究》杂志，目前已经出到了第五期。经过多次慎重研究，研究会还决定吸收各界人士参加，不但有文化人，还有文物局官员，乃至开发区领导，"这样，可以更好地促进村落的保护"，胡耀庭脸上露出一丝"狡黠"。

在多年的保护过程中，村民们还"各显神通"，与政府机关、文化部门等进行了无数次的沟通协调。几十个年长的村民自发组织起来，发动亲戚朋友，利用各种渠道，只要能够保护村子，再大的委屈，他们都能忍受。与此同时，村民们纷纷做起了义工。胡迎建早年办过小厂子，开过旅馆，这几年来，他义务修整了胡雨人墓等好几处文化遗迹。正是在村民们的共同努力下，村前村的文化历史价值也得到了各地专家、各级官员的广泛认可。

与推土机的赛跑整整进行了 8 年，村前村被拆掉三分之一。不过，这种文化自救毕竟保住了三分之二个村子，一个标志性成果是：2012 年 3 月，村前村正式拿到了市文化遗产局关于整体保护胡氏建筑群的批文，胡氏建筑群也将被正式列入无锡市文保单位！"江南乡村以农耕文明为特色，以居住为主要功能。清末民初，村前村便办起了学校、图书馆和公园，这在当年开全国风气之先。"无锡市文化遗产局局长叶建兴透露，这是村前村在文物普查中脱颖而出的原因之一。

深化内涵，古村落焕发生命力

值得注意的是，村民们的文化自救还慢慢向纵深发展，不但深入挖掘古村落的历史文化，还注入时代内涵，使之焕发蓬勃的生命力。

2010 年 11 月 28 日，村前村主办的散文家笔会吸引了众多名家，他们纷纷拿起自己的笔，书写村前村的历史和文化。2011 年 3 月 31 日，"走读村前"读书活动隆重举行，通过助学、吟诵、讲学、研讨等形式，把村前村的文化保护活动进行得有声有色。

著名作家、文化遗产保护专家薛冰正是在参加村前村的文化活动中，认识到了村前村巨大的文化价值，从此成了村前村的"御用专家"：指导各项文化整理、遗迹保护工作，利用自己的渠道联络相关文化部门，推动村前村的保护工作……省作协主席范小青告诉我，作协前几年成立了创意中心，推动文学活动走向"立体"。创意中心在与村前村接触的过程中，敏锐地感觉到，这是一个非常重要的文化遗存，如果拆迁了，就太可惜了。"于是，我们就多次去无锡，多方联络各级政府、文化部门，进行了大量的宣传、说服工作，大家一起努力，终于把这个村落保护下来了。"范小青说。

省作协又到省委宣传部、省文化厅等部门争取到了文化引导资金，投入村前村的保护之中。2012年12月17日，省作协在村前村成立了"江苏省作家协会创意基地"。作协创意中心主任邰科对这个基地雄心勃勃：将在胡氏历史古建筑群内辟800平方米的展厅和活动室，成立中国名人手迹馆、动漫艺术馆，举办文学创作交流研讨，创作胡氏世家相关的小说、报告文学、影视剧本等，探索一条文化产业发展的新途径。

难能可贵的是，村民们已经意识到，文物的保护不是死守，而是要重新注入生命力。在村前村，我走进一幢三进老屋内，只见这里堆放着古式家具，捕鱼的器具、石臼、老式枕头、针线盒、喂猪槽……这些都是胡耀庭特意收集来的"宝贝"——"收集这些实物，是为了今后用于展示，吸引更多的人来村前村参观、考察，可以更好地保护村前村。"此刻，他更像一个开放的文化守望者。

村书记孙国炎说，保护古村落是全村人无法推卸的责任，是这一代人应尽的义务。近日，胡雨人研究会还约请政府相关部门会同文保专家共同制订村前古村修复、建设总体规划，胡雨人纪念馆及周边故居的修复工作也将陆续展开。为文化自救已经出资500万的胡氏后裔、企业家胡杰感慨良多，他深深体会到，"经济发展了，但我们的灵魂不能丢，在一个追求物质的时代，金钱无法衡量文化的重要价值。"胡杰下一步的打算是：进一步保护村落的原真性，吸引村民回归；继续争取政府相关部门的理解和支持，推动整体性规划保护；探索村落文化保护的产业化新路，包括继承先辈的科教文化思想，办教育、办纪念馆、办科普教育基地……600年的村前村，将在历史长河中，继续谱写全新的文化轨迹。

2013.01.17

时间剪影

泛黄的婚书也是历史书

宜兴市新庄镇一个居民小区，75岁的收藏家储傲生领着我走进他简陋的家，推开门一看，到处是收藏品，请柬、婚书、古钱币、民俗服装、民俗照片、塑像……犹如走进了一个民俗大观园，而其中最引人注目的就数婚书了：一张清代网丝结婚证，没有发证机关和证婚人，是由父母包办的，上印男女双方的"八字"；一张《童养婚帖》，是宣统元年（1909年）正月二十二签发的，首页四角为"媒妁之言、父母之命、前世姻缘、上苍注定"；一张20世纪30年代山西汾城县精印的由政府颁发的订婚证书，面书"天作之合"；一张民国34年颁发的订婚证，详细开列了证明人、介绍人、主婚人；一张"文革"期间的结婚证，"要节约闹革命"的语录还历历在目……一张张婚书见证着时代的发展和民俗的变迁。

储傲生忙不迭地收拾着家里这儿一摊、那儿一摊的宝贝，尽管腿脚不太灵便，头发花白，但脸上容光焕发。婚书收藏是收藏界的冷门，清代的婚书大多是红纸写的，经过一百多年，保存下来的为数极少；民国时期的结婚证，一般出于豪门贵族，普通百姓往往没有；新中国成立后的结婚证，一般人还健在，再穷也不会卖掉。储傲生1933年出生于宜兴新庄镇，曾任文化站长，1958年错划为"右派"，1978年改正后长期在中学任教，直至退休。他从小就喜欢收藏邮票、烟标等，青年时代爱好古钱币收藏且很有研究，1985年后专事请柬、婚书等方面的收藏，并在1993年11月建立了国内首家请柬收藏馆，2003年10月1日，在龙背山森林公园实现了多年愿望，建立了《华夏民俗文化史料陈列馆》，而2006年出版的《华夏婚书婚俗》是他长期思考和研究的硕果。

说起自己的收藏，储老先生深情地谈起了自己去世5年的妻子汪一茹。"文革"期间，储傲生前妻被迫害致死，汪一茹毅然嫁给了储傲生，为他抚养孩子，与他生死与共。在"阶级斗争为纲"的年代，汪一茹因为储傲生的问题而失去了工作，直到1978年储傲生平反后，才再次走上讲台担任中学英语教师，直到退休。20世纪90年代，上海遇上一个前所未有的大拆迁时期，清理出大量的"废品"，人们将大批杂物卖给废品收购站。也就是从这个时候起，汪一茹开始专门收藏婚书，有几十元一张的，也有一二千元一张的。

从事收藏这么多年来，储傲生夫妇一年有200天左右在外面，上海、南京、北京、杭州……连轴转，哪里有了好东西，立刻"闻风而动"。一开始的时候，两人的工资才300多元，而一张结婚证往往需要几十元到数千元，为了省钱，他们一般只舍得吃几元钱的面条，晚上蹭朋友家借宿。现在，储傲生外出主要住街头那种40元左右的宾馆，到50元就要"掂量掂量"了；每到一个地方，无论刮风下雨，都是挤公交车。

时间剪影

说起自己这么多年的收藏，储老印象较深的有这样几件事情：一是1998年，南京一朋友告诉他有一张价值3000元的婚书，他立刻赶到南京，可惜还是晚了，为此，他后悔不迭，感觉自己是世界上最背运的人；还有一次，1996年到广州，一位大使送他一件礼物，竟是一个黄金做成的婚书，非常珍贵，那一刻，储老感觉自己是世界上最幸运的人。从事收藏这么多年，储老最大的感受是，搞收藏，人品很重要，人品好，人家才信任你。

告别时，储老意犹未尽，又拿起几个"宝贝"请我欣赏：一张发黄的照片，"宁社第二十七届集团结婚照，民国33年5月13日"，由上海名店王开照相馆拍摄。参加婚礼的共有54对新婚夫妇，前排正中为证婚人，新郎手中拿着结婚证，新娘手上捧着鲜花，衣着统一，男为西装，女披婚纱，显得很时尚；一张《典妻契》：大清宣统二年，王成俭欠李玉法白银一百五十两，因无力归还，将妻陈氏相典，三年为期，到期以银二十两赎妻，过期不赎，另作它论；一张《卖身契》，亡女招赘活丈夫，日伪政权颁发的华夏结婚证……一张张"婚书"就是一部活脱脱的历史书。

2008.10.16

风景旧曾谙,能不忆江南

杏花春雨江南,小桥流水人家。江南,在人们的心目中,是粉墙黛瓦、人文璀璨,是清新雅致、婉约多姿。江阴市摄影家黄丰聚焦江南40年,他的镜头里,江南又是一种怎样的景象?翻开影集,从黑白、彩色胶卷到数码拍摄,一帧帧照片,记录了原汁原味的江南,也见证了蜕变迷失的江南,更发出了无声的希冀:留住江南的美,留下江南的韵。

原汁原味的江南

"江南好,风景旧曾谙。日出江花红胜火,春来江水绿如蓝。能不忆江南?"唐代诗人白居易的《忆江南》,成为江南永远的绝唱。1974年,江阴16岁的少年黄丰开始学习摄影,镜头聚焦于他生活的江南,从此一发不可收。那是一个物质贫乏的年代,但那时的江南却触手可及,"蓝天,白云,芳草,碧树,田野里蛙声一片，家家户户都在小河里淘米、洗衣，一不小心就有鱼虾蹦到篮子里！"回忆起那时的江南，黄丰还沉浸其中。

黄丰1979年取景于华西村的摄影作品《水乡小景》入选1981年的"法国巴黎摄影国际沙龙"：宁静的码头，薄薄的轻雾，婀娜的柳条，潺潺的流水，古朴的水井旁，身着江南布衣的妇女正在洗衣服。"那是水乡真实的生活。江南的恬静与质朴，对外国人来说，是梦境，更是天堂。"黄丰说。

再看这一张《妈妈回来了》，那是1981年，在苏州甪直胜浦。画面中，小孩站在高高的稻草凳子上，身体兴奋地扑向刚刚回来的妈妈；妈妈赤着脚，扎着辫子，满脸疼爱。黄丰解释道："照片反映了农民的生活。那时人们普遍很贫穷，但他们的生活状态很悠闲。不像现在，从早忙到晚，大家都在忙着追钱！"

"青砖小瓦马头墙，回廊挂落花格窗。梦里水乡芳绿野，玉谪伯虎慰苏杭。"那几年，黄丰背着相机，一心一意拍摄江南水乡。他跑遍了同里、周庄、乌镇、桐庐、善琏，江南的一草一木，一情一景，都被他用胶卷记录了下来。那时的江南，宁静、清新、恬美。黄丰还清晰地记得，"随便走进哪一个古镇，走到哪一家，总有人招呼喝茶、吃饭、聊天，人们脸上的表情天真、快乐。而每一个村落边，都有一条清澈见底的河流流向远方。"

悄然变化的江南

转眼到了20世纪80年代中期，人们的生活悄悄发生了变化：小孩衣服上的补丁消失了，年轻人烫起了头发，老年人也戴上了手表……在一些古镇，黄丰挎着相机走在街上，会不时有人邀请他到家里拍照。黄丰说,"人们的日子越过越好,很多人脸上洋溢着兴奋和激动,拍照已成为一种时尚。"

80年代中期到90年代,那是一个日新月异的时代:水乡人原先都是划船外出,现在随着一条条道路的修通,很多人开始学骑自行车,水乡也逐步通上了公交车。很多原先破旧的民居也得到了维修,人们兴高采烈地搬进了新居。在黄丰的照片中,我们看到了蓬勃发展着的江南。

从80年代中期开始,江南的乡镇工业起步了,这是江南发展的里程碑,为江南自古而来的富庶与活力提供了新的契机。但黄丰的镜头,也在提醒人们关注江南的迷失:水乡河流上本来都是人工划的木船,现在河面上突然涌现出大量冒着浓烟的柴油船。由于河水被柴油污染,鱼吃起来竟然有了柴油味儿。黄丰拍了一张照片《水面上的柴油》,画面上,柴油在水面上折射出五颜六色的光,非常美丽,也令人忧虑。

这个时期,黄丰的镜头里,常常会闯进一栋栋贴着马赛克的豪华建筑,吐着浓烟的烟囱。与此同时,他还吃惊地发现,水做的江南,不但水渐渐变质了,河流也慢慢消失了,"眼见着大片的水面变成了土地,很多杂乱无章的厂房冒了出来。"

"这个时候,拍江南越来越难。原来可以用广角镜头,现在只能用长焦距镜头了。"黄丰一声叹息。

走向蜕变的江南

从90年代开始,江南的发展进入了快车道。一条条崭新的马路,两旁绿荫葱茏;一座座村镇被整修一新,告别了原先的破旧与冷落；人们的生活日渐五彩斑斓，家居有电器、抽水马桶，出门甚至还开上了小汽车……江南，注入了新的内涵，实现了蜕变。黄丰的不少照片，以饱满的激情，记录了这个崭新的时代。

　　但人们在大踏步走向现代化的同时，不知不觉中，也在逐渐失去儿时记忆中的江南。2000年前后，黄丰发现，很多他曾经拍摄过的江南建筑，都被拆了。他走街串巷，发现这儿一堆那儿一堆，都是瓦砾碎石，到处都在建造人工景点。更为夸张的是，有的地方整个镇子都拆光了，进行"重新规划"，眼见着一些水乡古镇一夜间就消失了，再过一些日子，一座崭新的"古镇"就诞生了。

　　黄丰最刻骨铭心的，是当年乌镇西栅的拆迁。他去过乌镇20多次，对那里的每一座民居每一条街巷，都非常熟悉。那个时候，街头的某个茶馆里，居民们常常聚集在一起，一壶茶能聊上一天，那是典型的江南风情。曾经，在他的镜头中，西栅的居民脸上洋溢着悠闲自得的表情，那才是原汁原味的江南水乡！但当地为了旅游经济，迁走了所有居民，再把旧建筑整修一新。他感慨，"这样的景点，最多只能算江南的躯壳，而江南的灵魂已经被抽走了！"

　　黄丰还发现，这个时期，随着人们越来越热心于追逐物质，心态也在发生变化。当年，他去拍摄江南，随便走进一个地方，居民总是客气地端茶送水，而如今，"你把摄影工具放到人家门口，可能马上就会招来冷眼，甚至还有人上来伸手要钱。"

　　那个他从小念兹在兹、拍之摄之的江南，似乎只能在节假日的一些民俗活动中，通过民间艺人的剪纸、做年糕、扎花灯等来加以表现了。这个时候，江南，似乎隔了一层，有一丝怅惘，也有一丝失落。为表现人们记忆中的江南，黄丰只能通过夸张的手法，强化细节与渲染。《水乡烟雨》于 2002 年荣获《第 20 届全国摄影艺术展览》金牌奖，黄丰苦笑着说，这幅作品，是自己在一条残破的河流旁，把景致缩到最小，然后通过夸张、写意、变形才完成的。

留住心中的江南

文明的积累，是漫长的。江南，正是由那一方水做的土地，滋生了风姿绰约的风景和缠绵悱恻的文化。在江南的蜕变过程中，经济和社会发展，不仅不应对她造成伤害，反而应该提供动力和可能，比如说，一些欧美国家，在经济高速发展的同时，生态和人文保护同样非常出色。

正是基于这样一种理念，黄丰一边用镜头记录现代化进程中江南的美；更出于一种使命，留下很多江南美景的最后身影。只要听说哪里拆迁，他就连夜赶过去。"不了解历史，不敬畏文化，是可悲的！"黄丰用自己的镜头，为江南奔走。

去年，黄丰做了一组寓意性的照片。他在一只缸内，注上了水，种上几朵莲花，照片名曰《缸内》。照片中，江南美景婉约精致，只是，装在缸内的江南，怎么看都让人不是滋味。画面上，水缸边一滴水珠，宛若江南的一滴泪。"如果江南水乡再不保护，我们只能看到缸内水乡了。"黄丰在照片上留下了这样一句话。

"春风又绿江南岸，明月何时照我还？"现代化潮流是历史的进步，它应该是江南发展的契机，而不是负累。江南的迷失，给我们提出了一个严肃的命题：那就是在经济发展的同时，如何呵护江南的自然禀赋与人文传统。这么多年来，黄丰的江南题材摄影作品堆积了 6 大箱底片，那是江南 40 年的映像。黄丰说，"每一个人心中，都有一个江南。希望未来的江南，不仅存在于文人墨客的诗句中，更存在于鲜活灵动的现实中。它不仅是一个地域概念，更是人们对秀丽婉约之美的一种集体认同。"

2013.05.02

怀旧：重构过去，面向未来

那些积压在记忆角落、埋藏在时间深处的东西，成为大家怀旧的载体，老照片、旧磁带、老手表、旧信笺、老唱片、旧玩具……那一刻，岁月开始倒流，时光开始泛黄，我们仿佛回到了过去。怀旧，是对人生的感慨，是对岁月的留恋，更是对过去的回味。怀旧在重构过去的同时，也在重构未来，从而让我们更好地认识自我、时代与社会。

时光飞逝，怀旧重构岁月的轨迹

"我想念童年的无忧无虑，怀念那时候走过的路，玩过的游戏，有过的梦想！"在一个寂寞的黄昏，网友"恋天碧"在网络上默默写下这段文字，立刻引发强烈共鸣。一位网友的跟帖说，"岁月是把杀猪刀，夜深人静，人就会不自觉地想起过去，小时候盼望着长大,长大了又怀念过去。"

在我们的印象中,怀旧常常是老年人的专利,而现在,青少年重温童年、中年人重温青春已经成为潮流。

"这一生最值得回味的应该就是自己的童年了,那么天真无邪,无忧无虑,把自己童年的照片晒出来,回忆一下当初的快乐!"网友"无间道"在怀旧吧中贴出了自己的童年照片。很快,网友们的数百张童年萌照满天飞,一个个憨态可掬、朴拙烂漫,大家纷纷围观童年,一股浓得化不开的怀旧情绪弥漫在网络中。

"昨天把学生时代的信件翻出来重温,纯真年代的友情真让人怀念,那也是一种让人回归纯朴的力量!"前段时间,电视剧《北京青年》引发了大规模的"寻找青春"行动:一些白领重回自己读书的大学,寻找当年住过的宿舍;一些打工者回到了自己曾经工作的地方,寻访故旧;一些中年人甚至于涌进了大大小小的风景区,重拍婚纱照。在微博的推波助澜下,怀旧成为一种"传染病",在最短的时间内迅速扩散。

怀旧,倾向于把过去抹上更多的亮色,甚至于有意无意地加以美化,这是一种提纯,也是一种重构,都属于正常的心理状态。喜新厌旧是人的本能,而喜旧厌新也是人们普遍的审美情感。重拾那些简单、质朴、纯粹的东西,怀旧可以让粗糙破碎的心灵重获细腻完整。同时,怀旧带有更多的哲学体认:当个体面对时间之流与生命之轮,沧桑感与无措感油然而生,这个时候,我们往往能够更好地认识自己,甚至于获得一种反思意义。

"逝者如斯夫,不舍昼夜。"怀旧其实是为了更好地面对现在与未来。科学家认为,怀旧是一种正面的自传式记忆,在怀旧的情景闪回中,我们都是主角,我们会在逆境中寻找自己的闪光点:往事其实并不如意,我们曾经贫乏、孤独,甚至被欺负、受歧视,乃至于怀才不遇、无立锥之地,然而,我们都走过来了,虽然一波三折,但赢得了最后的胜利。因而,无论是 7 岁还是 70 岁,我们在怀旧中体验了满足与快乐,而且,我们还可能获得更加成熟的经验和教训。

社会转型,怀旧重构群体归宿感

作为一种社会性动物,人类对于归属感有一种本能的需求,希望与他人建立并维持稳定的情感联系。怀旧可以帮助我们满足这种愿望,因为它本身就包含有社会性的成分:当我们怀旧时,我们怀念的不仅仅是过去的情境与事物,还有那些与我们一起体验这些情境、经历这些事物的一群人。怀旧,重构了归宿感。

考察如今的怀旧群体,诸如"××后""知青""老三届""战友""校友""同学""同行""蚁族""房奴""白领"等,涉及代际、阶层等各个方面,一些标志性的人或物,常常引发属于一个群体的怀旧情绪。

一个大学毕业后工作了 10 年的朋友在搬家的时候,突然对那租住了 10 年的房子充满了依恋,她用相机把房间的各个角落拍了下来留作纪念。要知道,平时,她整天抱怨着这个房子的种种不是,狭窄、吵闹、漏雨、破旧,没想到,现在,这些都成了怀旧的元素。朋友说,自己在微博上写下了自己的这段"怀旧笔记",没想到,短短一天中被转发数千次。"我们这个社会中,很多人缺乏归宿感,这个时候,怀旧能让我们集体取暖。"她深有体会地说。

确实,社会转型期,怀旧往往更加容易成为一种潮流。人们在无助之时，最容易陷入怀旧之中，并在一种虚拟式的幻想中，获得一种体贴与安慰，作为对当下最好的弥补。

这个时候，翻出压在角落里的一件国民床单、一块中山牌手表、一件的确良衬衫，乃至一个双喜花卉洗脸盆、一支英雄牌钢笔，"旧"何尝不是另一层意义上的"新"？寄托的是简单、纯粹乃至于某种说不清、道不明的诚实与质朴的社会环境。

一位60后朋友说，"怀念幼儿园时的动画片，数量不多，质量却很高；怀念以前的大杂院，邻里关系好，现在连亲戚都懒得走动了！"

一位70后网友感怀，"那时候物质生活没现在这么丰富，但什么都不复杂，空气很清新，蜻蜓很漂亮，一想到那些单纯的日子，心里既失落，又留恋。"

理性地说，与以前相比，社会发展在很多方面取得了巨大成功，人们的物质财富、文化生活等都得到了极大改善，如果不加选择地美化计划经济社会，容易陷入守旧甚至于倒退的思潮之中。怀旧是一种减压方式，但容易上瘾，就像从一个艰苦的地方去一个悠闲的地方放松一样，久了，就会无法自拔。

时代跨越，怀旧重构进步的逻辑

我们的发展太快了，乃至于昨天的东西，很快就成了今天怀旧的对象。现代化生活，声、光、电的全面入侵，时间、速度的重新组合，人与自然的隔绝、人与人的淡漠，这些都在无形之中把人们推向怀旧的情绪之中。

出生于1982年的赵杰说，"不是我跟不上时代，是世界变化实在太快。我们80年代的人天生赶上了这么一个飞速发展的时代，还来不及调整自己，却发觉我们的时代很快就要被90后赶超了。我很怀念小时候的日子，一休、叮当猫、希曼、葫芦娃、擎天柱，你们是美好的回忆，也会给我力量，战胜困难，迎接挑战！"

"现在用诺基亚手机，属于不属于怀旧？"一位同学在聚会的饭桌上亮出自己用了七八年的诺基亚手机，立即引来了一阵嘲笑声，环顾左右，他发现饭桌上摆放着清一色的苹果手机，一阵觥筹交错之后，大家已经无法分清究竟哪个才是自己的手机了。

"还记得南方黑芝麻糊的广告语吗？一个小男孩伸着舌头舔干净碗里的黑芝麻糊。有些广告是你无法忘记的，因为那代表着你那个时候的心情。你们还记得哪些广告语呢？幽默、感人、华丽……只要你要回忆就告诉我们吧，我们一起回忆……"微博上，一位网友邀请大家一起对广告"怀旧"，很快得到响应："大宝明天见，大宝天天见。""每当我看到天边的绿洲，就会想起东方齐诺瓦。""威力洗衣机，献给母亲的爱。""燕舞，燕舞，一片歌来一片情。"……如今，重温这些广告，经历过那个时代的人脸上都会露出一抹会心的笑容。

怀旧，是热闹之后的寂寞，是迷失之时的回归，是浮躁之际的审视。在这个浩瀚的时代，我们只是沧海一粟，怀旧能让我们重新发现自己。一位网友晒出了自己的几张照片，"宝马奔驰的年代，你还记得这款二八永久自行车吗？""我收藏的80年代的钢笔，今天，你还会用墨水写字吗？""当年老式高压锅里飘出来的肉香，现在你还能闻到吗？"怀旧，体现了一种弥合功能，弥合生命历程，弥合社会阶层，弥合时代断层。当节奏太快、发展太快，怀旧仿佛一条拉链，把现在和过去紧紧联系在起来。

时间剪影

怀旧，也常常成为一种反思。消费主义时代，我们一头扎进了滚滚红尘之中，当我们热情拥抱各种新鲜事物的时候，怀旧常常提醒我们：那些被我们无情抛下的东西，依然值得留恋；当我们走得太快、得到太多的时候，我们其实正在失去。

当然，怀旧也是一把双刃剑。一方面，它用记忆重构心灵家园，另一方面，它容易让人陷入更加感伤的情怀中，从而无限沉湎于过去。也许，我们的正确态度，恰恰应该调整好过去、现在和未来的关系，用过去"重构"现在与未来。因而，怀旧从表面上看起来，是回到过去，但其真正的指向恰恰是现在与未来。网友"jest"说，"怀旧让人沉醉，在怀旧过程中，我似乎总是能获得某种力量，而那种力量似乎又总是能激发我潜藏于心底的某种灵感。"而网友"蓝欣"则表示，"怀旧有时不是老去的表现，也会是一种感恩，感恩一路陪伴的你们、他们……"

从这个意义上来说，怀旧，是对时间的挽留，是对人生的缅怀，更是对时代和社会的憧憬。

2012.10.18

人与狗，互动观照中惺惺相惜

一、温暖体贴的情感寄托

"开始演出了，请欣赏男女声小合唱《世上只有妈妈好》！"家住南京龙江碧树园的唐粒女士招呼着她的三条泰迪熊小狗，在秦淮河畔的演出又开始了。老大"蛋糕"朗声高唱："妈妈、妈妈、妈妈……"老二"面包"不甘示弱："I love you, I love you, I love you……"老三"水蜜桃"载歌载舞："嗷嗷嗷……"周围爆发出一阵阵掌声和笑声。这些"粉丝"都是龙江地区的居民，每晚观看三条小狗的演出成为他们散步的重要内容。

谁也数不清，每天晚上，到底有多少条宠物犬在龙江石头城一带的秦淮河畔玩耍：牧羊犬、约克夏、博美、拉布拉多、贵妇犬、狐狸犬、萨摩耶……有的活泼灵动，有的不怒自威，有的文静端庄，有的调皮撒泼……"多多"的主人是一个漂亮的小女孩，它被打扮得花枝招展，一步不离地跟在"姐姐"身边；"婷婷"的主人是一个60多岁的独居老太太，它总是依偎在"奶奶"脚边，用一双清澈的眼睛盯着她；"欢欢"本是一条流浪狗，现在和住在河边的园丁老张寸步不离，每天陪"爷爷"修剪花草树木……

2006年，唐粒的三位亲人去世了，巨大的打击几乎让她崩溃，这时，妹妹送她一条泰迪熊小狗，取名"蛋糕"。办完生父的丧事从四川回到南京，她站在自家的楼梯下，几乎迈不动腿。她在一楼，"蛋糕"爬上二楼，扭头懂事地看着她，等着她；她爬到二楼，"蛋糕"在三楼看着她，等着她……就这样，她在"蛋糕"的带领下，一步步挪着回到了6楼的家，这一刻，她突然感觉有了依靠。不久之后，"蛋糕"又有了"面包"弟弟、"水蜜桃"妹妹。唐粒每天精心照料着它们，洗脸、剪毛、穿花衣服、戴漂亮的小花。她的付出有了温馨的回报：心情低落的时候，小家伙们簇拥上来，撒撒娇，唱唱歌，跳跳舞……这个时候，再多的烦恼也烟消云散了。

几乎每一个养狗人都能说出一个个故事：家住南京江宁岔路口的刘静玲女士养了一条雪橇萨摩耶，重达80斤左右。前年，女儿马恋出国，刘女士想女儿，就把满腔的爱都放在这条狗身上：每天早晨6点起床喂狗喝牛奶，中午坐半小时公交车回家给狗做午餐，晚上大部分时间用来陪着狗。现在的萨摩耶完全成了"乖儿子"：刘女士笑一下，它就甩甩头；刘女士不高兴了，它就凑上来，关切地看看她；刘女士生气了，它就静静地走开，在角落里偷看刘女士的脸色。在省级机关工作的王伟，4年前转业回南京，养了一条美系拳师犬。第一套房子在东井村，只有68平方米，养狗实在不方便，后来有了孩子，搬到了五塘村，100平方，有地下室，可以养狗。

可是后来发现，老不见阳光，狗容易缺钙。去年 10 月份，在房价最高的时候，王伟在黑墨营的阳光嘉园买下了一套大房子，特地选了一楼，可以养狗。自从养了狗之后，王伟的生活变得规律了，每天晚上和狗一起散步，又锻炼了身体。另外，他发现自己现在对大自然中的动物都充满了爱心，"这真是一种说不出的神奇感觉，"王伟说。

二、尖锐激烈的矛盾冲突

人与狗的关系，当然不全是这般温情脉脉。随着城市里狗的数量大幅上升，由此引发的矛盾冲突也在一天天增加。

家住南京珞珈路的陶先生，多年来被楼下邻居的那只小狗吵得烦神，"每天无时无刻不在叫，搅得人心神不宁，而且瞅准机会就要咬人，已经被咬过两次了！"同样，家住湖南路平安里的李女士也深受狗的危害，"两条流浪狗，整天在小巷子里出没，不但到处抢吃乱撒，还经常伤人。"汉中门广场每天聚集了众多养狗人，不少人放任自己的小狗随地撒尿排便，行人一不小心就会踩上一脚。有位女士天生洁癖，可她在饭店吃饭时，经常会看到一些顾客把自己的小狗带进来，一边吃一边喂，让她实在倒胃口。

由于人与狗的矛盾，一些极端的例子时有发生：有的因邻居家的狗吵得太厉害，终于忍无可忍，乘人不备把狗打死；有的甚至下毒，在路边、草地上甚至车轮胎上撒下老鼠药，不少狗因此丧命；还有的因为狗咬伤了人，被咬的人和狗的主人在赔偿问题上纠葛不清，直至对簿公堂……

养狗问题已不仅仅是一个城市管理问题，更是一个社会问题。

现在不少城市都出台了养犬细则，比如狗的种类、大小、免疫等方面都有详细的规定，在一些公共场所禁止遛狗，必须用项圈牵狗，以防狗伤人等等。不过，这些规定往往很难落到实处，人与狗的冲突在一些小区或者公共场所愈演愈烈，导致邻里关系恶化，有的甚至拳脚相向，打官司的也不在少数。

爱狗的唐粒当然也理解这种矛盾。她的体会是，无论爱狗还是不爱狗，都是人的权利，都应该得到尊重。为此，她总是提醒大家遵守有关规定，尤其要遵守社会公德，比如遛狗时，要注意环境卫生，不影响其他人的休闲权利等。对秦淮河边的几条流浪狗，她还发动一些爱狗人士认养，那条叫"欢欢"的小狗，就是唐粒发动园丁老张认养的，为此，她平时经常补贴老张一些费用，还定时给"欢欢"送吃的东西。"每一个生命都值得我们尊重，狗是人类最好的朋友，我们也应该做狗最好的朋友！"唐粒认真地说。

三、耐人寻味的互动观照

专家发现，在已识别出的2.4万多个人类基因中，至少有1.8万个与狗的基因相同。美国科学家还证实，狗身上可以找到人类5种性格中的4种。"狗是人类最好的朋友"，在某种意义上得到了论证。

很多人在成长过程中，或在平时生活中，与狗结下了不解之缘。人与狗难分难解的亲情，惺惺相惜的默契，留下了太多让人感动的故事：一条狗，终身与一个孤独的老人相伴，老人去世后，狗绝食而死；一条狗，面对打家劫舍的歹徒，奋勇出击，为主人献出了自己的生命；一条狗，在主人陷于贫困时，不肯吃主人省下来的粮食，宁可自己饿死；一条狗，在主人因遭遇地震被埋废墟后，不离不弃，终于引导救援人员救出了主人……

　　为什么我们对这些狗的故事津津乐道？原因很简单，因为这些故事常常反衬着人性的局限，人们正是从狗的身上，发现了"普通人往往做不到的东西"，人们毫不吝啬地把许多溢美之词献给这些狗，其实在呼唤着某种人性的回归。因而，人与狗的关系，正如人与人的关系：在人类的解读中，狗的一些天性常常暗合了人性中"天使"的一面，忠诚、善良、温存、亲切、友好，这理所当然赢得了人类的好感。而因为地位的不对称或者说天生的不平等，我们往往会忽略或者原谅"狗性"的弱点，尽管我们会骂"狼心狗肺""狗仗人势""狗胆包天""狗眼看人低""狗急跳墙""狗咬狗""狗奴才"，但这与其说是看到了"狗性"的弱点，不如说是看到了人性的弱点，与狗没什么太大的关系。

　　在现代社会，养狗的风气一天比一天浓厚，随便走进任何一个现代化社区，走进城市的各个角落，都可以看到人们牵着各种各样的狗，人与狗之间的亲昵丝毫不逊于人与人之间。在社会急剧转型、生活节奏加快、人情关系淡薄的背景下，"狗是人类最好的朋友"这句话得到了最好的诠释，很多人在与狗的相处中，调节了生活节奏，弥补了情感缺失，找到了精神寄托。

　　但是，事物往往也会向另一个方向发展：一些人完全沉沦于对狗的感情中，在一种扭曲的情感体验中不能自拔；一些人在狗身上寄托了太多的情感后，对他人日渐淡漠；一些人在情感上逐渐走向封闭，因为，人对狗的感情往往建立在不对称的基础上，人迷失于巨大的道德快感之中，社会变幻与人间冷暖已难以触动他的心灵。值得深思的是，如今，随着社会的急剧发展和转型，人与人、人与自然、人与社会的关系变得尤其微妙，而人与狗的关系，往往可以成为一面多棱折射镜：有的人偏执于对狗的关怀和尊严，却漠视对人的道义和温暖，因而，类似于"强迫别人对爱犬下跪"等新闻不时出现；人与自然的距离越来越远，更多的人只能在养狗中"重续"与自然的纽带，多少显得无奈而牵强；而很多人甚至在养狗中，"虚拟"了一个庸俗化的社会价值和等级秩序，养狗是为了炫耀财富，宣示身份，而对社会的责任意识和批判意识却日渐微弱。

因而，今天我们探讨人与狗的关系，最需要思考的是，如何在与狗的互动与观照中，促进人的完善与发展。

2008.10.10

名家笔下的天南地北

中国幅员广阔,东西南北数千公里,自然殊异,人文迥然。天南地北,在不同的人眼里,往往"爱""恨"交织,更由于沾染了个人"偏见",成为一个任人打扮的小姑娘。民俗、地理、历史、社会,专家们引经据典,调查分析,也是各说各的理。那么,在作家笔下,它们又是怎样的呢?

翻开清末思想家顾炎武的《日知录》,老先生说起话来一点不拐弯儿,他说北方人是"饱食终日,无所用心",南方人是"群居终日,言不及义"。这话不留一点情面,两面不讨好,如果放到现在的网络论坛上,一定会被网友们"人肉"个天翻地覆,一块块"砖头"从南方、北方雨点一般砸过来了。

相对来说,鲁迅先生虽然表达了同样的意思,但显然"成熟"多了。他在杂文《南人与北人》中写道:"据我所见,北人的优点是厚重,南人的优点是机灵。但厚重之弊也愚,机灵之弊也狡。"

紧接着，鲁迅又说："缺点可以改正，优点可以相师。相书上有一条说，北人南相，南人北相者贵，我看这并不是妄语。北人南相者，是厚重而有机灵，南人北相者，不消说是机灵而又能厚重。"很显然，鲁迅在这里做起了"和事佬"。

作家写天南地北，当然不会正儿八经地"端"着。那个幽默诙谐的现代作家林语堂在《北方与南方》中，随手"拎"来了一个笑话：一位北方军官，在检阅一队苏州籍的士兵。他用洪亮的声音喊："开步——走！"但是士兵没有挪动脚步。一位在苏州住过很长时间的连长请求用他的办法下命令，长官允许了。于是他用婉转诱人的苏州腔喊道："开——步——走奈——嗳——"嗨，你瞧！苏州连前进了。而当代著名作家汪曾祺《四方食事·口味》中则抓住了北方人的口味。他先漫不经心地聊天南地北的美食，聊着聊着，也来了一个笑话：山东人特爱吃葱，吃煎饼、锅盔，没有葱是不行的。婆媳吵嘴，儿媳妇跳了井，儿子回来，婆婆说，"可了不得了，你媳妇跳井啦！"儿子说，"不咋！"拿了一根葱在井口逛了一下，媳妇就上来了。

"寻根派"作家韩少功在《阳台上的遗憾》中，从文化心理上"天南地北"聊了一番：南方人指路，总是说前后左右；北方人指路，总是说东西南北。前后左右，是一种主观方位；东南西北，以物为坐标，是一种客观方位。这样说起来，似乎南人较为崇尚主观意志，而北人较为遵从客观实际。而学者型作家张仁福则在《悬殊的南北文化风貌与心态》中，从人文禀赋上做起了"总结发言"：大抵说来，北人胸襟开阔，率真而自信，坚强与刚毅中带几分粗犷豪迈的气质，勇敢彪悍；南人心地宛曲，柔弱而时见果决，怯懦而时露轻狂，虽不乏轻锐之气，却难见粗犷气质。大致表现为北杂南纯，北俊南秀，北肃南舒。

当然，说到天南地北，一南一北的上海和北京两个超级大都市成为一对"纠结"。俗话说，不是冤家不聚头，在如今的网络论坛上，两地网友往往针尖对麦芒，打得不可开交。各位还是暂且压压火，不妨来看看一些作家笔下的上海和北京。

以细腻感伤见长的现代著名作家郁达夫在《北平的四季》中这样写道："中国的大都会，我前半生住过的地方，原也不在少数；可是当一个人静下来回想起从前，上海的闹热，南京的辽阔，广州的乌烟瘴气，汉口武昌的杂乱无章，甚至于青岛的清幽，福州的秀丽，以及杭州的沉着，总归都还比不上北京——我住在那里的时候，当然还是北京——的典丽堂皇，悠闲精妙。"在这里，作为南方人的郁达夫，不惜把天南地北的城市一网打尽，当然都是为了反衬北京，可谓情有独钟了。

再看看上海著名散文家余秋雨的《文化苦旅》：全中国都有点离不开上海人，又都讨厌上海人。这种无法自拔的尴尬境地，也许是近代史开始以来就存在的。"精明、骄傲、会盘算、能说会道、自由散漫、不厚道、排外、瞧不起领导、缺少政治热情、没有集体观念、对人冷漠、吝啬、自私、赶时髦、浮滑、好标新立异、琐碎、市侩气……如此等等，加在一起，就是外地人心目中的上海人。"余秋雨说这番话的时候，视野当然同样开阔，潜台词是：能够成为"众矢之的"，可不是"其他"那些城市能够承当的。不知道余秋雨这是顾影自怜呢，还是"一览众山小"？

写上海和北京的文章可谓汗牛充栋，读来读去，有两个作家的话似乎说到了点子上。北京作家杨东平这样写《上海人和北京人》：对于每个北京来的人，上海人都会问，"上海好还是北京好？"在北京，则很少遇到这种提问——这对北京从来是不成问题的：中国还有比北京更好的地方吗？其实，上海人的询问并非不含城市优越感，他在很大程度上不过是想验证这一优越感；此外，则是潜意识中对京城模糊的崇敬和神秘感。上海作家王安忆这样写《两个大都市》："（北京）高架桥，超高楼，大商场，是拿来主义的，虽是有些贴不上，却是摩登，也还是个美。上海则是俗的，是埋头做生计的，螺蛳壳里做道场的，这生计越做越精致，竟也做出一分优雅，这优雅是精工车床上车出来的，可以复制的，是商品化的。"读到这样的文字，网友们还有什么话说？

在天南地北的视野下，说过了上海、北京，再聊其他城市，似乎就有点"小儿科"了。

先来看看西南。成都作家林文询写下的《成都人》可谓一语中的："令成都人名标天下的，恐怕首推嘴劲。一是好吃会吃，玲珑小巧一张嘴，吃出千奇百怪花样来，而嘴上另一功——说功，更是了得。口舌滋润，兼之成都人天生脑子灵光，言谈话语，嬉笑怒骂，遂也鲜活生动，其味无穷。说好时，巧嘴流油蜜蜜甜；骂人时，胜似火锅麻辣烫。"看看西北。陕西作家贾平凹写下的《西安这座城》可谓"霸气十足"："现代的西安区别于别的城市，是无言的上帝把中国文化的大印放置在西安，西安永远是中国文化魂魄的所在地了。"看看东北。哈尔滨作家阿成写下的《哈尔滨人的"神秘的咒语"》可谓入木三分："哈尔滨有一种别样、有趣的思维方式……如果你想诱使这样的哈尔滨人去作恶，用'量小非君子，无毒不丈夫'即可；如果你想勾引这样的人去荒唐，也十分容易，用'牡丹花下死，做鬼也风流'就能奏效；如果你想怂恿这样的哈尔滨人大把大把地花钱，选用'人生苦短，需及时行乐'则可矣；如果你想挑拨这类人之间的关系，用'害人之心不可有，防人之心不可无'就能一言中的。"再看看东南。南京作家叶兆言写下的《六朝人物与南京大萝卜》可谓中肯平和："南京大萝卜在某种意义上来说，是六朝人物精神在民间的残留，也就是所谓'菜佣酒保，都有六朝烟水气'。自由散漫，做事不紧不慢，这点悠闲，是老祖宗留下来的。在南京大萝卜这个话题上，最集中的三种看法是淳朴、热情和保守，这三个特征确证了南京大萝卜是'实心眼'的特点。"

作家们说东说西，说南说北，本不必当真。现代著名作家梁实秋在《窗外》中说得好："窗子是一个画框，由此望出去可以看见一幅风景画。那幅画是妍是媸，是雅是俗，是闹是静，那就只好随缘了。"

2012.12.26

时间剪影

文明的危机来自自身

20世纪80年代末,美国著名学者弗朗西斯·福山提出"历史终结论",对冷战后国际政治经济的发展充满了乐观情绪。90年代初,美国著名学者塞缪尔·亨廷顿提出了"文明冲突论",认为冷战后的世界,冲突的基本根源不再是意识形态,而是文化方面的差异。这两种论点在世界范围内引发了旷日持久的争论。英国著名学者纳菲兹·摩萨迪克·艾哈迈德的《文明的危机》作为对这两种理论的回应,该书直面当今人类发展的种种困境:对文明的真正威胁并非来自文明外部,而是来自文明自身。

"从上一代人开始,全人类以及几乎所有其他物种,甚至整个地球,都陷入了一系列危机之中:日益失去控制的全球变暖趋势,疯狂波动的石油价格,南方国家的食品骚乱,世界范围内的银行倒闭,各大城市中恐怖爆炸的幽灵,以及承诺打击海内外各种'暴力极端主义者'的无休止战争。许多人认为这一系列危机有演变成全球性灾难的危险。"《文明的危机》开篇这样写道，初读起来感觉有点耸人听闻，但只要我们抬起头来打量打量这个世界，会发现艾哈迈德所列举的这些危机都是令人触目惊心的现实存在。

这些危机涉及哪些范围？艾哈迈德说，"今天，全球危机的范围几乎涵盖了社会、政治、经济、文化、道德和心理等人类活动的全部领域。随着这些危机的升级，在未来几年甚至几十年内它们越来越互相激化。"作为学者，艾哈迈德早在21世纪初就准确预测欧美将在2008年爆发金融危机，成为唯一一个成功预测此次金融危机的非经济学家。经过长期深入细致的调查研究，艾哈迈德指出当今工业文明存在六大危机：气候灾难、能源短缺、粮食问题、经济危机、国际恐怖主义和军事化倾向。这六大危机相互关联，积重难返。

当极端天气越来越多，我们都有这样的体会，气候灾难已经成为全球性问题，尤其是最近几十年来，气候灾难已是家常便饭，而国际气候会议上却充斥着扯皮现象。难能可贵的是，作为西方学者，艾哈迈德充满了自省意识。他认为，西方社会自私自利的伦理价值观、西方国家的政治经济发展方式，是破坏自然、导致生态环境恶化的元凶。他忧心忡忡地指出，"气候恶化在数年前就走上了不可逆转之路，地球丧失了调整和改善气候变化的最佳时机。"他反驳质疑气候变暖的论调，并指出质疑者自私自利，"各国政府关注的焦点并不是如何避免气候变化带来的危险甚至灾难性的后果，而是建立新的安全框架以维持全球政治经济的基本结构照常运转，即使为此付出巨大的人力和社会成本也在所不惜。"

能源短缺同样是当今人类生产方式所导致的全球性难题。艾哈迈德"自揭家丑"："西方各国耗费了地球能源的大多数，这是他们高能耗的经济发展方式和生活方式决定的。为维持现状，西方各国拼命在全球范围内挖掘、抢夺能源，而不愿意调整自己。"他通过数据分析发现，人类社会大约在2004、2005年左右就达到了能源产量的顶峰，之后产量缓慢下降，而能源的需求却在增长。艾哈迈德所指出的这些问题，是一个全球性问题，比如说在一些经济发展粗放型国家中，能源破坏和浪费甚至有过之而无不及。同时，艾哈迈德对人们热衷的"替代能源"或者"新能源"表示怀疑，"人类寻找新能源几十年了，至今没有大的进展。有限的、可开采的新能源，要么产量不稳定，要么成本太高，要么本身不是'清洁能源'。"艾哈迈德显然过于悲观，这种悲观更多来源于对现实的忧虑。

粮食不安全是另一个世界性危机。艾哈迈德认为农业工业化虽然在粮食产量上有进展，却在品种、质量和安全上造成了灾难。现代人餐桌上的食品是大量消耗石油并经过一道道的钢铁磨砺的结果，品种不如一百年前多，也不如以前天然、清新。另外，"全球食品生产体系与特殊的国际分配体系相结合，对环境的破坏性极大。从本质上讲，在更广阔的世界经济结构背景下这种分配体系是不平等的，这导致了一种可怕的局面：北方国家沉迷于过度消费，制造了大量浪费，而南方国家的大量人口则忍饥挨饿甚至因此丧命。"他向往的，是精耕细作的自然农业、田园牧歌般的生活。

另外三个方面的危机，包括经济危机、国际恐怖主义、军事化趋势等。艾哈迈德深入西方社会政治经济现场，以客观而深刻的分析，揭示困境，其真诚和勇气令人敬佩。

他强调，"这个世界正面临重大的转折，其中既充满史无前例的危险，也孕育着前所未有的机遇"，"各领域的专家故步自封、不愿思考自己研究领域之外的问题，是造成我们在许多重大问题上难以形成一致意见的原因"。他一针见血地指出，"全球化"时代，再谈论"局外人"或"局内人"已经没有多大意义。必须探究各种地区性事件与全球进程的联系，该进程被国家、跨国公司和国际机制组成的核心网络所主导。对文明的真正威胁并非来自文明外部，而是来自文明自身。

那么，面对全球性的文明危机，我们应采取什么样的态度？艾哈迈德是乐观的：不应该对这些危机充满恐惧，而是应该认识到恰恰是这些危机的出现意味着文明的必然转型。各种全球危机揭示了21世纪末两大事件必然出现：我们已知的工业文明的终结；后碳社会的来临。不管混乱和破坏是否会伴随着全球危机的发展而同时发生，但未来却充满了前所未有的希望，我们有可能建立起一个基于同情、和平和公正的新世界，基层大众将是引导人类走向新世界的先锋。

如何实现后碳社会，艾哈迈德没有给出详细的"路线图"，只是试举几例：降低获取和控制生产性资源的门槛；更平等的财富分配机制；对分散的可再生能源技术进行大规模的社区层次的投资；规模更小、更本地化的有机农业综合企业，等等。

也许，这是一个太过复杂的难题，让人想起一句普通的话，"前途是光明的，道路是曲折的。"如何度过阵痛期，《文明的危机》是一部醒世恒言：人类，还是好好看看自己吧。

2013.01.09

伪劣励志书，一碗毒鸡汤

《这辈子只能这样吗？》不！那么，《你的误区：如何摆脱负面思维掌控你的生活》呢？要知道《有些事现在不做，一辈子也不会做了》，所以你先要《拆掉思维里的墙》，了解《人性的弱点》，掌握《说话之道》和《高效能人士的七个习惯》，然后施展《聪明女人36计》《身体语言密码》，让自己《20岁定好位，30岁有地位》，就会在《不抱怨的世界》中让《世界因你而不同》……如今，市场上的各类励志书受到了越来越多读者的欢迎。优秀励志书，可以陶冶情操，引导人生，但值得注意的是，也有不少伪劣励志书充斥市场。央视一台晚会上公布的上百本伪书中，励志书占了大半，杭州一家书店则将励志书论斤卖。这些伪劣励志书披着励志的外衣，贩卖的却是庸俗化、教条化的心计与权谋，成为当下社会畸形价值观的投影。

厚黑学、教条化、洗脑术粉墨登场

1982年，美国励志书《追求卓越》正好赶上了美国失业的高峰期，狂卖500万册。此后，《第五学科》《一分钟经理》等类似图书蜂拥而上。再往后，励志书在全球掀起了热潮：《会议室里的孔子》《如果亚里士多德领导通用汽车公司》《摩西：CEO》……20世纪90年代，励志大师卡耐基的一系列书被引入中国。此后，2001年出版的《谁动了我的奶酪》，创下近百万销量。10多年来，励志书长盛不衰，同时，一些伪劣励志书也泛滥成灾，严重浊化文化市场。

这些年，"国学热"持续升温，相关励志书紧随其后。一些"励志榜样"如曹操、刘备、孙权、司马懿、项羽、刘邦在学术明星流水般的口舌中复活了，厚黑学、权谋术粉墨登场。有些人津津乐道于这些人物所谓成功的"细节"与"故事"，宣扬的理念是"脸皮要厚如城墙，心要黑如煤炭"，这样才能成为"英雄豪杰"。其实这是中国传统文化中的糟粕部分，是流氓手段与阴暗心理的融合发酵。

不少所谓励志书，看似"正统"而"严肃"，谱摆起来却比哪个都大，大道理一套接一套，一些励志榜样千回百转、矢志不渝，天生就是为了降临人间拯救人类。这些励志书，一副舍我其谁的气概、真理在握的气势，表面上看起来是励志，其实是教条，更是一种灌输。三江学院大四学生王侃说，"我从小读了很多这样的书，那里面的人物，都是不食人间烟火的圣人。我现在终于懂得，那是纯粹的乌托邦，里面充斥着谎言！"

还有很多伪劣励志书，正在大踏步地走向"传销"，成为真正的洗脑术。励志"大师"摇唇鼓舌，提倡为了达到目的，可以下跪、爬行乃至自打耳光、唾面自干等，这是扼杀人的现代意识，甚至于摧毁现代人的人格尊严，推崇的是"癞皮狗精神"以及"死猪不怕开水烫"的所谓坚韧。《我就是教你混社会》告诉读者，"伸出的拳头只能被人打，收回来的拳头才能打人。"《你就是百万精兵》强调"不做万人迷，就做万人敌"。"只要你参悟人生真谛，发挥出了你的潜能，你便会无往不利，实现价值最大化，从蚂蚁到转轮圣王。"《自控术》号称运用心理学、医学与神经学的方法，帮助你认识住在身体里的7个分身，同时激发正能量，远离负面小情绪。《洗脑术》说，你是否清楚，凡是一些魅力四射的人物，他们都或多或少具备某种高明的催眠手段？"跟着我，你将成就事业，实现你的价值观，得到一个完美的人生。"

伪劣励志书，庸俗与功利的结合体

翻看这些伪劣励志书，我们发现，它们宣扬的是模式化、机械化的成功捷径，"放之四海而皆准"，似乎有了这些，无论什么人都能在一夜之间获得成功；它们长着不同的面孔，但内在却完全相同，都是颠扑不破的"真理"！

每一个人的成长过程中，都会遇到各种各样的挫折和迷茫，优秀励志书可以起到振作精神甚至指导方向的作用。不过，大量重复出版、相互抄袭的伪劣励志书，面对不同的人不同的困惑，开出的却是完全相同的药方。南京汉方文化公司年轻白领褚霞说，她在成长过程中，曾经读过不少励志书，"客观上说，有些励志书起到了引导作用。但我慢慢也发现，无论我遇到什么难题，一些励志书教给我的是完全相同的方法，这反而让我无助无措。"

还有不少励志书，强调一点不及其余，宣扬一点屏蔽其他，其偏颇严重误导读者。光线传媒节目总监刘同曾尖锐地揭示了一个事实：有些看多了励志书的人总说，他没有文凭一样能成功，他一把年纪一样能成功，他出身卑微一样能成功，所以我也能成功。他根本不知道没文凭的有资金，上年纪的有团队，出身卑微的那人读到了博士。这样的人总拿自己的盲点比别人的缺点，又拿自己的优点去比别人的缺点。一辈子都在比，从不做自己。

伪劣励志书的泛滥，是整个社会畸形价值观的投影，是当下社会实用主义与庸俗主义的结合体。当下成功的标准是什么？在很多人心中，是香车豪宅、名利双收！一些励志书，完全迎合这种狭隘的成功学。在北京举行的一届图书订货会上，励志类书籍近似"疯狂"，仅各出版社主打的"教你成功发财"的经管励志类图书就达近万种。

不少励志书成了某些"成功人士"炫耀自己成功的"秘籍"：一些明星，明明是靠潜规则和庸俗炒作上位，却总是把自己包装成才华出众、百折不挠的代表；一些富豪，明明是靠官商勾结坐拥巨额财富，却把自己塑造成励精图治、善于经营的典型；一些官员，靠溜须拍马升了官，写起励志书来，却摇身一变为"一步一个脚印"奋斗成功的榜样。令人忧虑的是，这样的励志风气还"传染"给了青少年。比如说，一些高考状元也推出了励志书，他们笔下都是自己怎样怎样贪玩，但学习却总是第一！我们丝毫不怀疑他们的智商，但在如今的高考评价体系下，如果没有系统乃至"残酷"的勤奋，怎么可能获得第一呢？

时间剪影

励志的根本，是涵养健康的人格

一位深受伪劣励志书之害的读者说，"鸡汤穷三代，励志毁一生"。励志书大行其道，已经超越了文化范畴，成为一个社会问题：一方面，中国社会阶层严重分化，带来严重的相对剥夺感和挫折感，逼迫着每一个人必须"一步一步往上爬"，一些励志书成为"救命稻草"乃至精神减压阀；另一方面，弥漫于整个社会的价值紊乱，造成了现代人的信仰空虚，从而对"精神导师"盲目崇拜。

其实，我们所说的励志，本不应该追求那种立竿见影、一吃就灵的"灵丹妙药"，这个世界从来就没有什么捷径可走，更没有什么"救世主"。一些优秀的文化艺术作品，其中都蕴藏着丰富的励志内容，它诉诸审美与心灵，涵养健康的人格，培育开阔的心胸与境界。这样的励志，常常随风潜入夜，润物细无声，为你提供面对人生和社会的营养与智慧。

梁启超有子女十人，个个成才，这和梁启超对他们的教育培养有密切关系。《梁启超家书》质朴无华，娓娓道来。梁启超教育孩子们，"莫问收获，但问耕耘"，"失望沮丧，是我们生命上最可怖之敌，我们须终生不许他侵入"，"学问是生活，生活是学问，总要在社会上常常尽力，才不愧为我之爱儿"。大家熟悉的《傅雷家书》已经成了励志经典，傅雷教导儿子待人要谦虚，做事要严谨，礼仪要得体；遇困境不气馁，获大奖不骄傲；要有国家和民族的荣辱感，要有艺术、人格的尊严。这些内容，现在读起来，仍如甘泉一样纯净清澈，富有启发意义。

美国当代作家海伦·凯勒的《假如给我三天光明》是一本励志书，不过，书中根本找不到"大道理"，只有发自内心的真诚与感恩。海伦·凯勒说："第一天，我要看那些友好的人们，他们的善良、温厚与友谊使我的生活值得一过。有视觉的第二天，我要在黎明起身，去看黑夜变为白昼的动人奇迹。我将怀着敬畏之心，仰望壮丽的曙光全景，与此同时，太阳唤醒了沉睡的大地。下一天清晨，我将再一次迎接黎明，急于寻找新的喜悦，因为我相信，对于那些真正看得见的人，每天的黎明一定是一个永远重复的新的美景。"一个读者，如果从当今那些庸俗与教条的励志书中挣脱出来，重新看看这些隽永的文字，一定会得到一种精神的洗礼。

  在畸形的励志文化引导下，很多人坚信："只要付出了努力，无论什么目标都能够实现！"这样的信念，曾经是那样的"激动人心"！然而，历史和现实都在告诉我们，无数人空耗了人生，酿成了悲剧。其实，世界上成功的路径千万条，励志，最根本的还是做最好的自己。李开复在《做最好的自己》中所说的道理，简单却具有超越性：如果你不能成为大道，那就成为一条小路；如果不能成为太阳，那就当一颗星星。决定成败的不是尺寸的大小，而是在于做一个最好的你。

2013.07.25

时间剪影

虚拟世界的文化寻根

"我最各应耗子了。"中的"各应"是指:A.喜欢 B.讨厌 C.有个性 D.无所谓,答案是"B",这是天津话;"弄柠结阿伐个拉的意思是?"A.你想出去玩吗? B.你认识我不? C.他去整容了? D.你们放假啦? 答案是"B",这是金华话;"恁",在河南话中没有哪个意思? A.你 B.你们 C.那么 D.帅。答案是"D";"窝头谷"在常州话中是哪个意思? A.女孩 B.河流 C.窝里斗 D.砍头。答案是"A"……很多人打开手机,忙着做微信上的各种方言测试题。似乎被人遗忘的各地方言,通过现代通讯技术得以"横空出世",仿佛出土文物一般重新灵动起来,让无数人在忍俊不禁之余,平添了很多乡愁,而且,方言热的升温,还推动了乡土文化乃至传统文化的寻根热潮。

语言是文明的编码,方言蕴含了古老神秘的智慧。陌生人交流时,一句方言,往往让人心有灵犀,心与心瞬间接近,这就是乡愁的力量。微信方言测试题,就这样建构了一种身份认同,无形中也是一种文化认同,这样的乡情、乡谊,在网络空间中,散发着温馨的气息。在现代化都市中,人们的乡土信息被消弭一空,微信方言测试题,重新酝酿了浓郁的乡土气息,让充斥着碎片的虚拟空间一下子充满了家乡的温暖。

"少小离家老大回,乡音无改鬓毛衰。"在现代社会的波光掠影中,"还乡"借助于方言得到一定程度的实现,这个时候,那些土得掉渣的方言,不但释放着自豪感,也构建一种文化自信。

在这场微信方言测试中,参与者广泛,各种职业,各个地方,各种年龄层次的人都有,已经超越了网络娱乐,成为一种文化自觉。李愚是一位大学教师,平时研究的都是"高深"的学问。不过,她最近热衷的却是微信方言测试题,研究起了南京白话。作为"老南京"的她发现,自己竟然对很多正宗的南京话很陌生,她就虚心地向妈妈请教,有些连妈妈也不知道,她只得向 80 多岁的外婆请教。她举例说,南京话中,"阿物"就是"叔叔",她还是第一次听说!李愚 5 岁的儿子早就学会了汉语普通话的"叔叔",也早就学会了英语的叔叔"uncle",如今,李愚每天让儿子喊叔叔"阿物",每每逗得大家哄堂大笑。李愚说,大家在"围观"方言测试题的过程中,由"陌生化"引发的"错位"效果,具备了强大的娱乐功能,不过,在这个过程中,方言却得到了极大的关注与传播,这对传统文化来说,也是相当程度的鼓励与传承。

"十里不同风,百里不同俗。"每一种方言承载着独特的原生态文化,东北话的幽默、吴方言的软侬、四川话的火辣……这些都反映出由地域差异而形成的不同乡情风貌。在现代社会"摧枯拉朽"般的模式化过程中，我们都成了枯燥的人、扁平的人、无根的人。那么，就让我们在微信中再做一道方言测试题吧，让我们在虚拟世界中完成一次寻根之旅，来一次文化还乡。

2015.03.09

找个地方发发呆

在城市的高楼大厦、车水马龙中，我们整天瞪大眼睛，鼓足精神，盯着那些或远或近、或明或暗的名和利，不敢有一丝懈怠。"一万年太久，只争朝夕"，我们上足了马力，把一分钟掰成了60瓣。长此以往，我们的心灵粗糙了、麻木了，甚至于说不清心底深处，坚强与脆弱、洒脱与琐屑、乐天与悲悯究竟区别在哪里。或许，我们其实可以懒散一点，哪怕是找个地方发发呆也好啊。

前几天心血来潮，一个人跑到苏州东山游玩。从南京的水泥森林中挣脱出来，突然置身于这个颇具乡野、古董气息的太湖半岛上，一时间有一种失重的感觉，恍恍惚惚，不知所措。漫无目的、晃晃悠悠地一路走着，走着走着，眼前突然出现了一条古街，原来就是那条曾经繁华了500多年的老街区——西街。开裂的青石板路，破旧的明清建筑，狭窄的街巷里弄，悠闲的老人小孩……到过很多江南水乡古镇，这里却别有一番散淡的气息，2500米长的街道上，

时间剪影

没有琳琅满目的商品，没有整饬一新的楼房，更没有拥挤嘈杂的人群，一切都是静悄悄的，懒洋洋的。街角一条"响水涧"，上承莫厘峰和山茅峰等三面高山之水，整天哗啦啦、哗啦啦地响着。坐在涧边，四下里张望张望，好像一切都与自己无关，然后，就不由自主地发呆——头脑里一片空白，刚才的失重感悄然消失，自己仿佛和周围融为一体。

"东山一条街，雨后可穿绣花鞋。"当年，西街两旁均有凉棚伸到街心，即使下雨天，也不会淋湿了鞋角。今天，走在阳光斑驳的街道上，还可以静下心来，依稀体味当年的市井之声。街头上，一位80多岁的老奶奶，有一搭没一搭地聊起来："这儿是个豆腐店，这儿是个理发店，这儿是个杂货店。"老奶奶对着眼前一栋栋老房子比划起来，回忆着儿时的情景。当年，杂货店老板是一个长相较丑的寡妇，偏偏喜欢上了那个英俊帅气的理发匠，时间久了，竟然一病不起。而那个豆腐店老板，深夜里经常一个人在街头闲逛，每每顺手牵羊，这家一条毛巾，那家一块香皂，一次终于被邻居逮个正着，他竟突然倒下，呼呼大睡，半天才醒来，说自己有夜游症。老奶奶讲着讲着，一条条皱纹舒展开来，生活的肌理却细腻起来，丰满起来，而时光，也一下子充满了灵魂。西街于明代中期逐步形成，兴盛于明、清、民国，直至20世纪80年代初。走在这条老街上，绍德堂、秋官第、诸公井、夏荷园、百年茶馆、东山太湖厅署……到处都留下了历史的足迹。如今，西街的整治和修复正在进行，一条老街将以一种特别的方式"复活"。

在东山镇历史文化研究所，研究了一辈子东山文化的杨维忠老先生扳着手指，历数着东山历史上一个个文化名人：仅明清时期，东山籍状元、进士就有43名；新中国成立后，有中科院院士5名，教授 127 名，研究员 37 名，高级工程师 117 名……东山因为地处偏僻，人们的思想意识里都是"出山"，而晚年都期待着回到家乡。俗话说，"后山往前山跑，前山往苏州跑，苏州往上海跑，上海往国外跑。"杨维忠老先生说，"跑来跑去，最后还是要回到东山。"

从西街晃出来，到雕梁画栋的雕花楼中喝碧螺春，在紫金庵中看"精神超忽，呼之欲活"的十六尊罗汉，在陆巷古村体味"水是眼波横，山是眉峰聚"的画图……沿着岛上不经意的一条条小路，一路走马观花，一路优哉游哉，一切都那么亲切，一切都那么随意，你可以听导游讲解，也可以随时坐下来，伸伸懒腰、发发呆。人，原来可以这么慵懒、散漫。据说，当地人向外地人介绍自己家乡，常常自豪地说，"我们那地方，可以让你发发呆，一晃一天就过去了。"确实，在东山，转眼一天时间就过去了。黄昏，在烟波浩渺的太湖边看冬日芦苇，这才想起，一天下来，没有上微博、没有看电视、没有打电话，而时光，竟然过得有滋有味。

在现代化时空中，我们身陷滚滚红尘之中不可自拔，我们渐渐习惯于冷漠着面孔拥挤在摩天大楼的电梯中，习惯于在刻板的办公间中循规蹈矩，我们常常只能靠网络来认识世界，靠敲击键盘来表达我们日渐苍白的思想，这些都悄无声息地剥夺着我们的感觉。那么，就让我们抽上一点时间，什么都不做，什么都不想，就是发发呆。或许，懒散可以让我们重新发现自己，而发发呆则更加可以为自己增添营养、增添生趣。

2011.12.15

时间剪影

房产广告,消费主义的"宣言"

"极致生活""豪族品质""王者地段""尊崇人生"……在城市的繁华路段,这样的房产广告词总在眼前闪动,流光溢彩的豪宅以及由此支撑的幸福生活似乎扑面而来。这些广告词一方面炫耀财富,宣扬消费主义物质至上的"金科玉律";另一方面,分化阶层,按财富与地位把人分成"三六九等",乃至为销量而不择手段"剑走偏锋"。这些房产广告,俨然成为物质主义的"宣言",其背后是价值的迷失、人文的缺失……

炫耀财富,消费主义甚嚣尘上

南京新街口,高楼大厦的丛林中还有一个房产广告的丛林:"巅峰鼓楼,极致生活""城中唯一精装科技豪宅""XX所至,峥嵘耀世""荣耀全城,卓然大家""众星捧月的生活空间,无法复制的王者地段""俯瞰风景，也成为别人仰望的风景""新奢宅，彰显财富拥有者的非凡品位""百里黄金动脉，操纵城市繁华"……搜索关键词，"豪""臻""耀""奢""极致""巅峰"等成为热频词，夸张浮华，雕琢堆砌，传达着豪华、气派、铺张。一则"白玉为堂金作马"的广告是赤裸裸的物质崇拜，而一则"跟着别墅走"的广告则更加旗帜鲜明。

"50万起，能买到怎样的幸福？"在这里，幸福是"豪景、御景，巅峰耀世"。幸福与顶级豪宅画上等号，与物质财富等量齐观。由此，"价格都不能承受，还谈什么生活享受？"南京一家楼盘的广告掀起轩然大波——因为它居高临下、冷漠傲慢，让人五味杂陈、欲说还休。

消费主义时代，财富似乎最能刺激人们的神经，炫耀财富也成为房产广告的本能选择，它直接诉诸人的欲望，吹起巨大而华美的肥皂泡，营造狂欢而癫迷的氛围，傲然成为有钱人的标签。对富豪来说，这些房产广告上的天文数字，也俨然成了一种满足与荣耀，而对大多数普通人来说，则形成了巨大的压力与折磨，很多人甚至于无奈地挟裹其中，用几代人的积蓄，去支付动辄上百万乃至数百万的天价房款。

分化阶层，等级观念公然登场

在炫耀财富的同时，许多房产广告迫不及待地把人分成了三六九等，往往通过两种方式"诠释"人生理想："国际范儿"与"家族传承"。其背后的文化逻辑是：买我的房子，才能出人头地，才是"世界人士"，是"世代贵族"！

时间剪影

有网友笑言，把中国的楼盘风格结合起来，能拼成一张世界地图。不管是否学到国外建筑文化的精髓，中国房产的"国际品牌"已经打响："南京，城心深处，原味英伦住区""西班牙风格别墅""在自由的佛罗里达小镇，处处成歌"；而家族传承，不是人文传统，却是等级荣耀："传承豪族品质，典藏尊崇人生""品位，源自尊贵血统""万乘钦仰，只因享此一席""袭封地，承爵品，隐贵胄，奢华品质不见古人"……一则城市 CBD 房产广告，显然"话中有话"："地球人类分为几种？"在它这里，房子成了一个符号，用房子给人划分等级，物质背后便是身份地位。

南京奥体板块，一家豪华楼盘的开发商单先生实话实说："广告之所以这样做，也是迎合人们的群居心理，人们都希望周围的邻居是有身份的人，以此印证自己的社会地位。"人的价值，本应有许多衡量标准，比如个人修养、社会贡献等，但随着消费主义大潮的强烈冲击，等级观念沉渣泛起，人们不仅用财富而且进一步用身份来证明自己，从而在人群中"出类拔萃"。

"物以类聚，人以群分。"就生活方式而言，这句老话有一定的道理，但以财富、地位来分类，让我们看到了这个物质社会的精神困境。这些房产广告，以"国际潮流""尊贵世家"为标榜，更将这种阶层分化合理化，反过来强化了人们的追逐心理与失落情绪。专家指出，这类广告既是社会文化心理的反映，同时也在一定程度上为物质主义、消费主义推波助澜，缺失的恰恰是一个民族应有的文化自觉与文化自信。

人文关怀，房产广告灵魂所在

"每天睁开眼看见你和阳光都在，那就是我要的未来。"这一则房产广告让人对家心生向往。人人都渴望一个温暖的家，一个心灵栖息的港湾。在中国人的传统观念里，房子是家的象征，然而，房子并不是家的全部。台湾一则房产广告道出了家的真谛："房子加上爱，就成一个家。"

广告是一门艺术，房产广告需要真实、诚实地传达房产概念，不但要满足购房者的基本需求，还要符合购房者的品位追求。"好的房产广告不是靠豪宅、高贵这样无所不用其极的词语去吸引顾客，而应该真实传递房产的独特性、差异性。"南师大新传院广告系主任陈正辉教授说。

不过，反观眼下不少房产广告，更多的是在玩概念：高尚CBD、高科技社区、花园式生态城、中国风格、欧陆风情……很多人为这样的词语所吸引，所振奋，走进小区后才"如梦方醒"，眼前现实与广告用语何止天壤之别，房产商们提供了一个虚无缥缈的"空中楼阁"——不但缺少文化，还缺乏最起码的诚信。

"好的房产广告应该唤起人文渴望，而不是迎合人们潜在的低俗思想。"南师大新传院副教授朱强回忆，南京一个临近老城区的楼盘，广告语是"这里的砖石，都刻有历史的味道"，接下来是一段所在街区的历史介绍，充分体现了对历史与文化的尊重；一个临水而建的楼盘，广告语是"倾听江与河的交响"，贴切而生动；一个以书院为特色的楼盘，广告语则是"书院上的房子——思想有多宽，天地就有多宽"，物质生活也可以充满诗意。

进一步细分市场，让各类人群各得所需，依托这样健康、多元的房产市场,才能创造出好的房产广告。比如说,年轻一代的消费者对产品设计的独创性、艺术性要求更高,他们往往因为一个好的广告而对产品产生兴趣。南京市某单身公寓的建筑理念是"less is more",一则广告是"20青春狂,30XX\(楼盘名\)藏",另一则广告是"居自如,出得厅堂去,入得厨房来",这样的房产广告自然颇得年轻人好评,因为,它们针对了经济实力相对薄弱又有着刚性需求的年轻群体,且充满体贴与温情,富有理念与激情,让年轻人的内心产生对未来生活的憧憬、对幸福人生的渴望!

  房产,是人们的生活必需品,更以其高昂的价格而备受关注,其背后,还牵涉到社会的方方面面。因而,房产广告应该更多地承载文化含量与人文关怀,这不但有助于树立房产公司的企业形象,更有助于塑造良好的社会风尚。

2011.11.03

风尚读解

我们为什么失去了感觉

"感觉",是现代人常常挂在嘴边的一个词,小到生活琐事,大到精神信仰,大家常常习惯于用感觉来定夺。一个人富有激情,能够灵敏地对外界事物表现出喜怒哀乐,这才能说有感觉。某种程度上可以说,感觉是人保持鲜活生命力的重要标志。可怕的是,在光怪陆离的现代社会,要想保持一种情怀,或悲天悯人,或嫉恶如仇,恐怕都是困难的事。我们困惑不已:我们的感觉到哪里去了呢?

上周突然肚子疼,医生叮嘱喝一周稀饭,我耐心地遵守了。奇怪的是,每天就着萝卜干喝稀饭,竟然也是津津有味。而一周后,当我再次拿起筷子挟起几份平时味同嚼蜡的家常菜时,突然感觉那般香甜、那般滋润。前几天家里的电路还出了问题,短时间没法排除故障,干脆买来了一大堆蜡烛。我坐在烛光下翻起几本闲书,一时间那般亲切、那般闲适。几天后,当我重新坐在电灯之下,平时稀松平常的电光突然焕发出别样的神采。

时间剪影

是否可以这样说，在一个偶然性的事件中，我的感觉又回来了？被物质化与现代化俘虏的现代人，不知不觉中已经失去了原始意义上的本性，犹如关在笼子中的动物，大自然的风风雨雨渐渐远去，生存意义上的生命体验渐渐失去。我们每天"饭来张口，衣来伸手"，心安理得地享受着生活细节中的每一份关切：来到商场，琳琅满目的商品任意挑选；走进饭店，随心所欲地点上美味佳肴；跨入家门，一应俱全的家用电器体贴入微；踏上旅程，高铁、飞机让一切变得轻松适意……长此以往，我们因为饱暖，对饥寒失去了感觉；因为便利，对距离失去了感觉；因为丰富，对简单失去了感觉……甚至于，我们对这一切都失去了感觉？

网络化时代，我们都不由自主地"粘"到一张无边无际的大网之中了。我们每天围观这个世界角角落落的奇闻轶事、风云变幻，与无数相识不相识的人分享生活中的杯水波澜、鸡毛蒜皮。地球那边一个人虐待动物，我们表示"强烈鄙视"，QQ上突然冒出了一个新网友，我们忙不迭地送上一束花，一口一个"亲"……慢慢地，"见多识广"变成了"见多不怪"，乃至于"视而不见"。一个整天在网上撒娇、愤慨的人，一个整天在网上"指点江山"的人，偶然扭头看看身边的同事，一脸茫然；关上电脑来到大街上，周围的熙熙攘攘、悲欢离合仿佛都与他无关了。

"曾经沧海难为水"，信息的发达虽然培养了现代人感知新事物的敏锐度，但另一方面，无孔不入的信息爆炸持续不断地刺激着人们的神经，更让现代人的感觉变得日益迟钝。这是一个两难选择，我们越来越离不开网络，但我们似乎失去了更多。也许，我们迫切需要培养在信息面前的选择力与自控力，在铺天盖地的刺激面前保持陌生感与神秘感，从而让自己的感觉在一定程度上保持"新鲜"。

因而，我们不妨时不时地远离网络、逃避网络，调动我们的感官，触摸一个活生生的世界。

现代人当中的偏执、自私与虚伪也在无情地扼杀着感觉世界。因为掌握了各种各样的"理论武器"，现代人常常变得不可一世，而过度的理性崇拜常常带来感觉世界的丧失。自私对感觉的扼杀是致命的，以自我为中心的秉性犹如一道厚重的墙，无情地阻隔了自己与他人的心灵沟通，长此以往，自己的感觉世界犹如无源之水。而虚伪更是感觉的天敌，缺乏了真诚，感觉世界很快会面目全非，现代人找不到那种与生俱来的感觉，还常常不知道究竟丢失在何方。

被摧毁了感觉，常常会让现代人陷入真正的混沌：面对不幸会麻木不仁，面对感动会心如止水，面对荒唐会坦然处之，面对不公会无动于衷……这是一个静悄悄的过程，随遇而安早已把大家推到了无所寄托的境地，心灵世界空空如也。因此，现代人不妨"笨拙"一点，"低调"一点，"天真"一点，从而保持对外界事物的敏感，激活沉潜在心灵角落里的感觉。同时，我们还常常需要潜入生活的肌理与社会的底层寻找感觉：看小巷里凌乱嘈杂，感慨生活的烟火气息；看大街上人来人往，感知社会的发展节奏；看到孤苦伶仃，会心生怜悯；看到恃强凌弱，会拔刀相助……

重建精神高地是现代人找回感觉的根本途径：在浮躁面前保持沉着，在虚荣面前保持超脱，在冷漠面前保持热情，在虚伪面前保持虔诚。说到底，感觉需要灵敏的心灵与崇高的情怀，既有怀抱天下的忧患，又有体贴个体的悲欢；既有冲冠一怒的激情，又有泰然处之的从容，那时，感觉才是一个实实在在的东西，呵护着我们的情感世界。

2012.02.16

时间剪影

追逐有用，更要追求"无用"

　　北大中文系教授钱理群退休后走进了中学课堂，在基础教育界"纠缠"10年，自称屡挫屡战、屡战屡挫，今年教师节前夕，他表达了"告别"教育的意图。

　　10年来，钱理群讲的东西诸如鲁迅精神、人文思想等与应试教育无关，所以在很多人看来都是"无用"的东西，学生越来越少，一些学校避之唯恐不及——对中学来说，应试教育是"王道"；对大学来说，就业教育则是"金科玉律"。钱理群在一个大学通识教育师资培训班上讲课，一位大学教师要他举例说明"鲁迅课对促进学生今后就业的作用"，钱理群"大吃一惊，一时语塞，甚至有点手足无措，而心中却隐隐作痛"。

　　学生学习，与考试有关的就学，与考试无关的就不学，一切跟着"指挥棒"走，没有一点含糊。比如艺术，本是为了培养孩子的感悟力，提高情操、境界，而这些，在很多家长看来是无用的东西，只有考级证书才是"有用"的，因为它可以为升学"添砖加瓦"。大学校园本是象牙塔，应该富于风雅与理想，为社会提供源源不断的文化力量与精神能量，但现在的大学生一头扎进了"经世之学"，热衷于考证、培训，以便到社会上"大有作为"。

学校教育，是整个社会的缩影。功利主义时代，那些看得见、摸得着、用得上的东西，只要有利于享乐、有利于功用，都成为"有用"的东西；而很多看不见、摸不着、用不上的东西，虽然关乎心灵与精神，却一律被视为"无用"的东西。

拿交友来说，传统文化中，推崇的是神交，是"君子之交淡如水"。而今天人们在社会上交朋友，有不少却是带着功利色彩的：这个是官员，一定要交往，升职的时候用得上；这个是医生，一定要交往，生病的时候用得上；这个是老板，一定要交往，做生意的时候用得上……会议或者宴会场合，名片满天飞，觥筹交错间，大家心里却在盘算着对方的"有用"价值。对此，很多人理直气壮：交友就是资源交换，资源重组！

在如今大谈文化的时代，文化是否"有用"似乎成为一个重要标尺。比如"国学热"，专家学者在讲解经典的时候，喜欢与现实实现"无缝对接"，对很多人来说，这也意味着实实在在的现实功用。职场升迁、权力运作、人生经营，乃至于厚黑学与形形色色的阴谋阳谋，都当成传统文化的"精华"加以吸收，成为"有用"的东西。大家好不容易看一场电影，比如《杜拉拉升职记》，不是文化娱乐意义上的审美享受，而是一心一意地当作职业指南；大家走进书店，抢购的不是《炒股宝典》就是《成功捷径》，一切都奔着"有用"而去。于是，理想主义弃之如敝屣，因为，这些东西往往"无用"，在现实面前不堪一击。

再看看其他方面。旅游，本是为了修心养性，赏玩美景，涵养文化，但很多人的旅游，或者是为了实现"到此一游"的功能性，或者是为了血拼购物；写作，本是关乎心灵与灵魂的事业，但很多人一味奔着奖项而去，甚至于为了迎合某项任务而乐此不疲，因为这很"有用"，可以名利双收。

古希腊哲学家苏格拉底一生穷困潦倒，他喜欢在市场、街头、运动场等场合与各色人等谈论各种各样"无用"的问题：什么是虔诚？什么是民主？什么是美德？什么是勇气？什么是真理？如今，如果还有谁要问：我是谁？我从哪里来？要到哪里去？那一定会被很多人认为是傻子。

从实用的功利角度判断"有用"还是"无用"，就排斥了看不见的精神世界。而庄子讲"无用之用"，很大程度上是指精神世界，它们丰富我们的生活，涵养我们的人格，为我们提供精神支撑。我们看一些古代名画，发现一些古人的表情是安宁的，眼睛是澄澈的，这是因为他们在超越的意义上有所寄托。而很多现代人为物质主义所裹挟，焦虑、浮躁、抑郁、迷茫，成了"空心人"。

我们进行现代化建设，开始以为金钱可以实现现代化；后来发现金钱买不来现代化，现代化需要科学技术；现在又发现没有强大的文化软实力，我们依然实现不了现代化。生命中那些令人感动的东西，生活中那些令人回味的细节，理想主义的激情，精神领域的追求，这些，看起来无用，而实际上却有大用。

庄子说，"人皆知有用之用，却不知无用之用也。"鹰犬可作为爪牙之用，但比起仙鹤来说，就少了那种仙气雅韵的飘逸之态；鹅鸭可以食用，但比起翱翔的海鸥来说，就少了那种忘机得趣的自由之气。所以，在中国传统文化中，出尘的东西胜过红尘中物。梅兰竹菊，成为高尚品格与精神气质的象征，均非其现实的功用性。

"有用"与"无用"是相对的，关键是我们的审视与选择。对当下的我们来说，追逐现实的功用固然可以理解，但我们应该把眼光放得更高、更远，多多追求那些"无用"的东西，包括审美的东西、精神的东西，多一些知其不可为而为之，乃至于知其无用而用之的精神追求。一个社会，总有那么一大批人，热衷于无用之用，那么，我们才能在庸碌中获得警醒，在迷茫中找到方向。钱理群十年基础教育实践，仿佛堂吉诃德追赶大风车一样，他虽然准备"告别"教育，但他放出豪言：理想主义者要学会毒蛇般的纠缠！"当整个社会在追求享乐的时候，我自己和我们这个小群体，尝试过一种有社会承担的、物质简单而精神丰富的生活方式"——我们，尊敬这样的人。

2012.09.20

时间剪影

用什么支撑我们的精神大厦

"我们为什么缺少激情,我们为什么缺乏感动,我们为什么缺乏理想?"近日,网上一篇帖文引起广泛共鸣,引来跟帖无数:

"我们充满了倦怠,充满了迷茫,不知道路在何方……"

"我们已经深陷物质化的汪洋大海,整天浑浑噩噩……"

"这个时代的世俗化已经无孔不入,我们已经没有了精神追求!"

我们平时关注的"亚健康",指机体虽无明显疾病,但呈现出活力降低、适应力呈不同程度减退的一种状态,是介于健康和疾病之间的第三状态,也称灰色状态。殊不知,"精神亚健康"更可怕,它指一个人在精神状态、精神追求方面失去正确标准,缺乏价值支点,种种消极甚至扭曲的思想意识占据主导地位,并体现在日常工作和生活中。

其实,只要我们不经意地看看我们周围,"精神亚健康"已经蔓延到各个角落：现代化的写字楼里，不少人在巨大的压力下忙碌，但他们不知道事业的意义在哪里；在个人生活中，他们或陷于婚姻、家庭的琐屑中，随遇而安，或在生活的享乐中随波逐流、庸碌麻木；在茫茫人海中，他们的面孔是冷漠的，心理上是提防的，看到坏人坏事心如止水，看到振奋人心的事情波澜不惊；同样，他们对社会发展漠不关心，缺乏理解和责任心。

"精神亚健康"的症状多种多样，但归纳起来主要表现在这样几个方面：一是对事业缺乏激情，精神萎靡，机械呆板，庸碌无为；二是对生活缺乏热情，他已经变得麻木，活着的意义仅仅在于活着；三是对他人缺乏感情，淡漠，疏离，甚至防范、欺骗；四是对社会缺乏责任感，社会的冷暖对他来说已经变得无足轻重。总体来说，陷落于物质的汪洋之中，沉沦于享乐的迷茫之中，浮躁而无信仰、无敬畏、无追求。

"我们的物质生活已经丰富了，但精神上的空洞化正在形成。"南京大学中文系教授张光芒说："'精神亚健康'的主要表现是理想主义快速退潮，享乐主义、实用主义、机会主义、潜规则等日渐流行。与此同时，整个社会日渐浮躁化。一方面，物质追求让我们身心疲惫，另一方面，我们的精神追求却没有建树，很多时候甚至于背道而驰。找不到一个价值的支点，来支撑我们的精神大厦！"有人说："精神亚健康的重要表现之一，就是公众无法从精神涣散的日常生活中获得安宁；理想和信仰丧失；浮躁的心灵被物所累，排斥关怀和诚信。"

是什么导致了"精神亚健康"的弥漫？一方面，全球化浪潮汹涌澎湃，"地球村"可以拉近人们之间的距离，不过，它也无时不在地拉远人们之间的距离，造成新的疏离。张光芒说，如果没有

时间剪影

精神追求，没有文化自觉，众多的人会在这种进退失据的状态下扭曲身心。另一方面，全社会消费思潮迅速膨胀。在后现代的炫目泡沫下，大众都在不知不觉中被消费主义的狂欢所陶醉，被牵着鼻子走，变成了"经济人""时尚人"，永远有一双无形的手在拉着你，让你无法脱身，并且身不由己。人的欲望被激发之后，犹如打开了一个"潘多拉盒子"，脚步永远也跟不上这个节奏，每个人都会有不满足和危机感。这个时候，一个人达到幸福的手段可能会有很多，但幸福感却成反比，我们很多人都感觉幸福越来越少，甚至于说，很多人都在疑问，那个叫做"幸福"的东西到底在哪里。再一方面，过分重视外在的所谓"成功"。我们现在整天追求的都是那些"看得见的东西"：房子、汽车、锦衣玉食、无休止的享乐，而且，我们渐渐迷失于这些"身外之物"中不可自拔。

一方面，物质日益强大而膨胀，另一方面，精神的萎缩状态正在加剧。在这种"内忧外患"的夹击之下，我们被裹挟其中，身不由己，身心交瘁。

理想、激情、心灵的充盈，一个人的精、气、神，这些其实都应该是我们的追求，是一个人安身立命的支点。而现在，从心灵层面来说，价值的支撑点，人生的追求目标，对幸福的感受渐渐处于错乱状态；从生存状态来说，如何处理人与人、人与社会、人与自然的关系，如何处理爱情、家庭、事业，这其中充满了扭曲。

因而，一方面，我们应该在心灵的层面上解决好自己的归宿感问题，这就要求一个人加强免疫力，实现内心的真正强大，面对诱惑超然，面对挫折泰然，并在对时代的正确认识中增强责任感。另一方面，在社会层面，我们应该创造一个更加和谐的环境，真正关心人的精神追求。在文化多元的基础上，更好地创造文化的和谐，从多方面创造以人为本的文化生态。

前几日在南京城南来凤街偶遇一修鞋匠，50多岁，在马路边修鞋已经30年了。多年来，无论酷暑寒冬，刮风下雨，他每天一早就坐到马路边，忙到夜里十一二点钟。一双鞋在他手上常常仔仔细细地摸索几个小时，一定要修到"最完满"的状态，并且不多收一分钱。当年，为了儿子学英语，他一边修鞋，一边听起了英语，然后教给儿子。现在，他一边修鞋，一边听音乐，无论是噪音滚滚还是灰尘漫天，他都怡然自得。

我们当然不是都要去做修鞋匠，人的生活方式、生活态度当然更可以多元，不过，我们都应该有一定的精神追求。"人必须在意义中生存。在意义中生存，才会有人的生活；在意义中生存，生活中才会有激情，人生才会感到充实。"这是一名网友在网上说的话，这里所说的"意义"，当然是指一个人的精神状态和精神追求。

2008.03.06

时间剪影

"小大人"与"老小孩"

教育部门出台"幼儿教学标准",今后将禁止幼儿园教授唐诗宋词、算术等内容,还孩子们一个快乐的童年。虽然这样的做法引起了一些争议,但也反映了教育部门的良苦用心:童心最重要,为避免孩子早熟,成为"小大人",要保护童心。其实,不光是小孩子,就是成人世界也需要童心,需要更多的"老小孩"。

现在,很多家长、老师在教育孩子的问题上,可谓"枕戈待旦",铆足了劲把各种知识一股脑地灌输给孩子,更有意无意把成人世界的"逻辑"教授给孩子,生怕孩子"输在起跑线上"。孩子说出一句成人世界的话,做出一件成人世界的事,都会让他们欣喜不已。比如说,一个3岁的小孩,为了得到妈妈手里的礼物,某一天突然对妈妈说"你是个漂亮的女人";一个幼儿园大班的小孩,为了得到一朵小红花,把自己心爱的"变形金刚"送给同学,这些都会让家长、老师激动不已:"这孩子不简单,长大了肯定有出息!"于是，我们眼看着一个个天真烂漫的孩子一夜间变"乖"了，长"大"了，成为一个个"小大人"！现在，催熟孩子的因素太多了，网络、影视、娱乐、教育，尤其是成人世界潜移默化的影响，每时每刻都在逼着孩子"快快长大"，用大人的语调说话，用大人的思维做事，"成熟"了，"世故"了——难怪有人大声疾呼"救救孩子"。

与此相呼应的是，成人世界日趋世俗化、功利化。朝气蓬勃的大学生一走上工作岗位就变得"稳重"了，棱角几天就磨平了，与同事相处细腻圆润，与领导相处谦恭熨帖，"职场新人"看起来仿佛就是一个"老同志"，相处起来舒服倒是舒服，就是有股说不出的滋味。我们平时经常可以看到这样的人，在家人团聚、朋友相处、恋人相爱过程中，无论是语言还是思维，尚能见到真性情，表现出可贵的"童心"来，可一回到现实社会中，马上像换了一个人，说话做事滴水不漏、刀枪不入。

于是，放眼看去，那么多的人都那么精明，那么"成熟"：与自己切身相关的，锱铢必较；与自己毫无关联的，视而不见。为了自己的"成长"，老到圆滑甚至阿谀奉承；为了自己的"前途"，韬光养晦甚至卧薪尝胆。偶尔出现一个"老小孩"，说起真话来口无遮拦，做起事来只"认死理"，大家往往像看外星人一般，调侃、取笑乃至于捉弄，爆发出一阵阵哄笑，甚至于成为茶余饭后的谈资，"这个人，像个孩子一样，傻得很，天真得很！"大家一边摇头，一边感慨。

明代官员、思想家、文学家李贽，是一个富有童心的人，一辈子"绝假还真、抒发己见"，即使搭上性命也在所不惜，成为那个时代的绝唱。金庸小说《射雕英雄传》中的周伯通，是一个典型的"老小孩"，天真烂漫、与世无争，却又义胆冲天、豪情万丈，赢得了无数人的喜爱。一个富有童心的人，能够永葆纯良，充满率性，富有激情，看到人间疾苦，会感怀悲悯，看到扭曲现象，会大声疾呼——多一些富有童心的人，多一些"大小孩"乃至"老小孩"，社会会更美好。

可惜的是，在现实社会中，"小大人"越来越多，"老小孩"越来越少。其实，这个社会，很需要童心未泯的人，很需要"不谙世事"的人。我们不但应该保护好孩子们，不能让他们早早成为一个个"小大人"，同时，我们还应该向孩子们学习，做一个天真单纯的"老小孩"。

2011.04.21

紫金文库

给心灵留一份诗意

　　读书日期间,各种读书活动在各地相继举办。有意思的是,关于阅读的话题,聊着聊着,渐渐集中于那个已经被我们遗忘的"诗意":诗意校园、诗意栖居、诗意生活、诗意人生、诗意生命……寻找诗意,成为很多人的共鸣。

　　在我们的心灵中,应该留一个空间给诗意,就像一所房子,在柴米油盐酱醋茶之外,墙上也要挂几幅书画,闲来,喝上一杯茶细细品味,对我们的心灵来说,也是一种很好的润泽。除了衣食住行,人还需要一些看起来"无用"乃至"无聊"的东西。但是,在这个时代,我们都在不知不觉间被裹挟进一个高速运转的漩涡之中,每天都像上足发条的钟表,一刻不停地奔向我们其实也说不清的方向。此时,周围的一切风景,都已经与我们无关,我们丢失了自己,也丢失了诗意。这个世界看起来物质、资源非常丰富,但每一样都需要我们挖空心思去争取,并且永远也无法满足我们的

时间剪影

要求，欲望以如此强大的力量充斥于我们的心灵，诗意只能逃之夭夭。而且，这个世界看起来光鲜、亮丽，到处充满了惊喜与惊奇，但当我们一头扎进其中，才发现内里充满了粗糙甚至粗鄙，缺乏精神光芒，缺乏审美气息，诗意早已被亵渎、被异化。就在这个过程中，我们的心思变得格外缜密，意志变得格外坚定，一切都遵循着外界赋予我们的逻辑，不敢有丝毫懈怠，诗意成为一个格格不入的障碍，成为玩弄、嘲讽的对象。

有人说，每个人的心里都住着一个诗人，我们却亲手赶跑了这位诗人。看到这样一个故事：一个小女孩在夜间的月影下和妈妈一起走路，走着走着停下了，拒绝再走，因为她发现她每走一步都是踩着自己的影子，影子一定会痛，所以说什么她也不走了。小孩子看起来如此"天真幼稚"，却把诗意留下来了。大步流星奔跑的我们，可曾有过这样的情怀？中世纪的行吟诗人，四处流浪，放浪形骸，用音乐描述他们看到的美景，用音乐表达自己总也无法燃尽的感情，他们在物质上几乎一无所有，却以自己的方式，为诗意保留了一片领地，这对我们应该具有什么样的启发？印度诗人泰戈尔，面对一个并不完美的世界，诗歌却如天真烂漫的天使的脸，"看着他，就知道一切事物的意义，就感到和平，感到安慰，并且知道真正相爱"，他为读者构筑了一个洋溢着欢乐、倾心于爱的光明世界。我们不是泰戈尔，甚至并不完全认同泰戈尔理解世界的方式，但我们有没有认真思考过，我们该如何面对我们身处其中的这个世界？

也许，我们能够把握的正是自己的心灵，一个自在的心灵，一个自足的心灵，一个自由的心灵。在飞速跳动的节奏中，放慢自己的脚步；在无休无止的追逐中，调整自己的方向；在众生喧哗的旋律中，发出自己的声音。诗意，往往意味着一种停留乃至于懵懂，一种纯净乃至于笨拙，她与自然、随意、松弛有关，更与超脱、虔诚、崇高有关。诗意其实并不抽象，她可以渗透在我们的生活中，也可以熔融在我们的生命中。当我们日日在饭店胡吃海喝，某天却回到家中，细心做出几个精致的菜肴；当我们频繁搬家，却在拥挤的斗室中，留下一件伴随自己多年的旧物……看似琐屑的细节，其实别有诗意。当我们整天身陷职场不见天日，却拿出几天时间"不务正业"；当我们整天追求所谓的成功，却偶尔跳出圈外"玩物丧志"……看似不负责任，其实富有诗意。当然，如果我们在囿于个人圈子的时候，却能够放眼看社会、看世界，充满激情，富有哲思，这样的诗意，则更加富有生命力。

  一个富有诗意的人，常常心有灵犀，生活不再庸常，人生不再暗淡。因为，他不拘泥于眼前的东西，更不紧盯着脚下的那一小块天地，他与算计、倾轧、阴暗脱离了关系，这样，他的生命就更加充盈，更加蕴藉。一个富有诗意的社会，常常通融多元，它在每个方向上都留下了足够的空间，给每一个人都提供了广阔的天地，这样，这个社会灵动、从容，富有生机，充满活力。

2012.04.26

时间剪影

女神男神，消费社会的欲望化符号

　　这本是一个没有神的时代，偏偏冒出了无数的"女神""男神"。娱乐节目中，男男女女无"神"不开口；网络空间中，千姿百态的"女神""男神"争奇斗艳；商业活动中，各路大"神"更是卯足了劲卖弄风情。"女神""男神"，风一样的速度，一夜之间吹皱了一池春水。

　　女神，最初的来源是神话和宗教，我们最熟悉的是嫦娥、雅典娜。当下意义上的"女神"，含义上已经大相径庭，虽然仍隔着十万八千里，但"人间"的气息扑面而来。在如今最流行的词汇里，"女神"已成为宅男心中"不可逾越"的代名词。清纯的、性感的、内敛的、张扬的、骨感的、丰腴的，网络是一个神奇的催化剂，把各类"女神"都送到了我们面前，只是可望而不可即，充满了诱惑，也充满了距离感与隔膜感。

　　网络上，各类"女神排行榜"层出不穷，正体现了男性对女性的消费特点，仿佛猴子掰玉米，恨不得不断淘汰、不断刷新。无数的宅男，在一种对象化的满足中神魂颠倒，陷入狂欢与沉沦之中。汉乐府《陌上桑》云："耕者忘其犁，锄者忘其锄，来归相怨怒，但坐观罗敷。"可以想见，沉迷于"女神"的各路宅男，该怎样面对自己的恋人和爱人。只是，网络的无限可能性，能够把一个个肥皂泡吹得越来越大，但破灭的景象也更为惨淡。

与"女神排行榜"不同，网络上的"男神50条标准"，则体现了女性对男性的消费特点：热衷于把各种要素乃至各种"想象"往里面装，事无巨细，每一个方面都不想错过，体现了女性强烈的"理想主义"倾向。不过，把"男神"架上圣坛，一方面在创造着"神"，另一方面其实也在毁灭着"神"，这就是一个"辩证法"。只是，众多的女粉丝并不愿意承认这一点，她们不厌其烦地在网络上做着各种各样加法和乘法的算术题，却从来不愿意做减法和除法。确实，在她们的心目中，"男神"当然是"高大上"和"高富帅"的统一体，是天上和人间的统一体！

其实，正因为我们心中都没有"神"，所以我们更热衷于创造"神"。网络上，每天都看到各种各样的"女神""男神"被"创造"出来，无数网友甚至于都在参与建构。"男神"一定要爱灰姑娘，而"女神"一定要嫁给"白马王子"，这里的区别同样耐人寻味：前者满足了女性的"代入感"，仿佛自己就是那个灰姑娘；后者则满足了男性的"乌托邦"，只有那个完美的人才能配得上自己心中的"女神"。每每发现"女神"竟然当上了小三，"男神"竟然暗度陈仓，网友们一连声哀叹，"我又不相信爱情了"，这样的梦话连篇，天真幼稚得让人心疼，甚至让人感觉悲哀。

与其说是膜拜"神"，不如说是在膜拜欲望、膜拜消费，这是

时间剪影

这个时代的"主旋律"。当欲望与消费急剧膨胀的时候，网络上各路大"神"使出了浑身解数，声、光、电轮番轰炸，色、香、味全部被调动起来——你喜欢的那道菜，为你准备好了；你没有想到的那道菜，同样为你准备好了。

"女神""男神"，消费时代的欲望化符号，造词能力贫乏的背后，其实是我们审美能力的严重缺失，再深挖一步，则是我们在现实世界中的苍白与空虚。身体的尺度越来越大，心灵的空间却越来越窄。身体的解放，却没有带来精神上的同步解放。五四时期，郭沫若推出《女神》，那种凤凰涅槃的狂飙突进精神，在近百年后的今天已如明日黄花。当我们从后现代、"小时代"的梦境中醒来，才发现一切都那么平庸而琐屑，我们其实一无所有。

2014.05.29

网络段子，文化快餐难登大雅之堂

"为什么我的脸长得这么大，身子这么大呢？""因为你是被父母拉扯大！""数学考零分，我做错了什么？""你做错了所有的题！"随着电视剧《琅琊榜》的风行，这种图配文的"段子"流行一时，电视剧中集智慧与情怀于一身的"梅长苏"，每一次"回答"都让人忍俊不禁。"看了《琅琊榜》，网友都成了段子手。"微信时代，网络段子已经渗透我们的日常生活，形成了一条完整的产业链，并悄然进入各类文艺作品。

段子不是新生事物，不过，网络的互动性、即时性，让段子更加摇曳生姿。近期，全国大范围阴雨，微信朋友圈流行这样的段子："以前，我曾说过，你若安好，便是晴天。""看这天气，你大概是挂了吧。"虽然有点恶作剧，不过这种善意的"捉弄"，仿佛给平淡的生活涂抹了几许亮色。"难受！这几天总感觉不舒服，今天去检查，医生告诉我诊断结果是——缺钱！严重缺钱！"这样的段子，犹如精神减压阀，为我们缓解了现实的压力。"下午下班，在公交站台又听到一些人在背后议论我，这些人都是什么素质？要不是我正在撒尿的话，早跑过去揍他们了！"很显然，这是一种机智的调侃，背后掩藏着深刻的讽喻功能。

反差、巧合；比兴、逆反；穿越、拼接；解构、附会……网络时代的段子，"十八般武器"随手拈来，尤其是借助微信的强大功能，各种图解、推演、勾兑层出不穷，段子的灵感构思得到更加充分的发酵。从原本的兴之所至偶尔为之，到创作、出书、拍片、炒作、广告，网络段子已经形成了一条完整的产业链。而且，网络段子还为文学、话剧、影视、歌曲等提供了源源不断的"佐料"，不少作家、艺术家在创作中适当引用，犹如在炒菜时加上了味精，一盘菜立即活色生香起来。

不过，网络段子中雷同之作也此起彼伏。"世界上最有钱的人是奥特曼，因为所有取款机上都印着他名字的缩写'ATM'。"第一次看见的时候会心一笑，看多了就味同嚼蜡了。独创与智慧应该是段子的核心文化品格，而一个显而易见的悖论是：网络一方面催生汪洋大海一般的段子，另一方面又在扼杀人们的创造精神。再看这几个网络段子：(1)"哥，你是怎么用眼神杀死敌人的？"(2)"才知道，朋友就像人民币，有真也有假，可惜我不是验钞机。"(3)"问：同样是女的，为什么女朋友好哄，丈母娘难哄？答：因为丈母娘已经上过一次当了……"(4)"一根稻草，扔在街上，就是垃圾，与白菜捆在一起就是白菜价，如果与大闸蟹绑在一起就是大闸蟹的价格，我们与谁捆绑在一起，这很重要！"不知大家看到这几个段子，会产生什么样的感觉？第一个无聊，第二个浅薄，第三个庸俗，第四个矫情。很显然，这些都是网络段子的"流行病"。

段子进入文艺作品，可谓古已有之，魏晋笔记、唐代传奇、明清小品，时时可见各种各样的段子，一部《笑林广记》堪称古代段子的集大成者。翻阅一些当代作家的小说，一些引用适当的网络段子镶嵌在字里行间，推动着情节的发展，也为小说增添了文化趣味。影视剧对引用网络段子更加情有独钟，《琅琊榜》《伪装者》《捉妖记》等热门剧中，与剧情结合在一起的网络段子，起到了画龙点睛的作用。

不过，网络段子的滥用，已经成为艺术创作的"痼疾"。一首名为《结了》的流行歌曲这样唱道："我的兄弟就要结婚了，再也不能胡来了，如果你还放不下另一个她，放心，还有我们呐；我的姑娘就要结婚了，再也不能胡来了，如果你还放不下另一个他，放心，他早把你忘了。"这样的段子歌词，有何艺术可言！

依赖网络段子抖包袱、制造笑料、诠释主题，往往会在无形之中损伤创造激情，过分追求艺术与生活的"零距离"，往往缺乏审视力度，削弱作品的文化力量。有专家认为，网络段子可以成为文学的增量，不过，网络段子充其量只是一个辅助手段。著名作家贾平凹的不少小说，除了引用古代段子，还热衷于引用网络段子，就备受评论界批评。艺术创作需要孤独的灵魂，要与流俗格格不入。微型小说的式微，正源于其"段子式"创作摧残了生命力。如今，一些人热衷于在微信上发表旧体诗，但很多诗歌却总是带有网络段子的味道，有何艺术价值可言？

网络段子带有草根文化的激情与活力，但缺乏个性与卓越性的审美品格，其粗鄙性、庸俗性会对艺术造成潜在的伤害。另一方面，不少网络段子透着浓郁的"中产趣味"，更与真正的艺术背道而驰。当代美国学者丹尼尔·贝尔在《资本主义文化矛盾》中对

"中产趣味"给出了经典解释:"……文化并非是对严肃艺术作品的讨论,它实际上是要宣扬经过组装、供人'消费'的生活方式。"诸如"时髦的娱乐""高中低混合""视文化为商品""假装尊敬高雅文化""势利的价值观",从这些角度来审视如今的网络段子,可谓恰如其分。

网络段子的碎片化、浅表化思维,消费式、轻佻式文化取向,折射出当今大众文化的固有病症。很多网络段子迎合的是低层次娱乐享受,终究难以上升到艺术审美。这样的段子,至多是茶余饭后的消遣,却难登大雅之堂。

2015.11.25

石头城下（代跋）

从小就生活在一条河边，两岸的树木无边无际地茂密着。一次次走进去走出来，那一片河水已经化作生命中流动的节奏。这些年来，我住在南京龙江石头城，秦淮河从脚边默默流过。我静静地站在河边，一点点心情都交付那一汪清水。那斑驳的城墙，早把数不尽的岁月，凝固在每一刻的叮咛上。渐渐地，那些粗鄙的、浮躁的，都在一丝丝剥离。

一

在春天，在桃红柳绿中，我把自己交付于那一丝和煦与阳光，但愿有一种风情，总在默默地关怀中，把自己的生命，充盈成一片绿色。那么，我的万种心事，都是那风中的一点点颤动。岁月，终于把最珍贵的礼物，馈赠我永远的生命历程。

想起孟郊的《春愁》:"春物与愁客,遇时各有违。故花辞新枝,新泪落故衣。日暮两寂寞,飘然亦同归。"这个时候,心中的一缕清香,悠悠然就是梦境。关于寂寞,关于喧哗,都成为永远。我的一颗有点老迈的心,终于在清风间变得轻盈。

在石头城下,我伫立成心中永远的沉着。那么,岁月凝滞,究竟是一种停顿,还是一种永恒。此刻,我浑然一体,终于在一片石头前驻足。愿那一片河水,流动成动人的旋律,让我们的生命,总是在流畅中前行,没有恍惚,也没有混沌。如这一池清波,静谧中,是永远的细风朗月。从此,每当我停留,总有一种眷顾,成为心中最深远的慰藉。

二

在黑夜的窗前,我静静地看着城市的星星灯火。我的孤寂和石头城的矗立,究竟是一种呼应还是一种衬托?在岁月的回响中,究竟有什么缘分和纠葛?那么,时间呢,在什么样的流逝中,把一颗心剪得支离破碎?

坐在书桌前,抬头就能看见石头城,那张似乎有点狰狞的鬼脸,就这样默默地与我对话,我的一点点可怜的心理波动,总是逃不过他的眼睛。那眼神,不知道经历了多少时光,早已洞穿了这世间的一切,我于是只剩下惶然。

当我沉浸在迷思中,那绝望中的一切,总是如影随形。在无穷尽的荒寂中,一遍遍问自己,究竟是什么,把内心里的阳光掏得干干净净?倾听自己的脚步声,零碎中摧残着生命的点滴,那些沉郁的悲悯,早已无能为力。只有那细碎的秦淮河浪花,如泣如诉。那么，我一脸的沉默，是一份珍藏，还是一份无奈？在数不尽的日落与日出之间，空留一点凄楚，在昏黄的灯光下，细细品味。

三

一夜大雪，早晨起来一看，到处是白色的世界。纷纷扬扬的雪花从浅灰色的天空中娉娉婷婷地落下来，一派轻松悠闲的姿态。而汪洋大海般的楼房，早已被簇拥成一片连绵，似乎增添了太多的纯情。而这一切的骨子里，其实有太多的寒意，一不小心，就会渗透肌肤。

于是，想象着鸟语花香的春天，遥不可及，徒增惘然。走下楼，踏着一路的吱吱声，石头城的景致一一呈现在眼前。那细碎的浪花，依然在欢快地跳跃着，不绝如缕，一片生机。一枝枝柳条上，早已镶上了臃肿的白雪，一阵风吹过，扑簌簌的样子，像女孩抖落了一身的花枝招展。听细微的浪花声，窃窃私语般簇拥在耳边，那一刻的牵肠挂肚，总是在窒息中恍惚着，仿佛那垂柳，也是矜持着，留驻千年的悲欢离合。

这个时候，凝滞的身躯，阻挡不住一路的轻快，什么都可以不想，什么都可以慢慢搁置。这一刻，只有澄澈的静，自己把自己捧在手心，欣赏着，陶醉着。在这样的雪天，时间是奢侈的，慢慢踱着步，俨然一副清闲的样子，雪成为最好的借口，只管享受着每一刻。在夜幕慢慢降临的时候，收拾自己的好心情，坐在书桌前，在键盘上打上几行字，也似乎是很有成就感的样子。

四

"山围故国周遭在,潮打空城寂寞回。淮水东边旧时月,夜深还过女墙来。"在历史的星空下,一切都归于沉寂。如今,走在这整洁如昨的石头城下,宛如面对一位老者,有同情,有敬畏。只是,这一切终将化作尘烟,没有停留,在希冀与绝望之间,从来没有深情的凝望。于是,我悄悄看一眼自己的背影,在熟悉与陌生之间,我的心情早已仓皇成心底里的一声叹息。

于是,在石头城下沉思,心中储藏着太多的秘密,关于生活的甘苦,关于岁月的磨难,一时间纠缠在空地。也许,生命中的精彩和困顿,都将交付于自己的内心世界,仿佛的一瞬间,竟走不出千年的风华。那么,我的一秒钟的停顿,究竟意味着什么?我们所有的情愫,竟走不出内心的角落。在石头城下,我们的等待悲壮而伤感。

看一位思想者,如何在滚滚的江水边沉思,石头城,曾经风华气盛,多少深沉的目光,被岁月纠缠成数不尽的绳索,从此矗立,不再远离。那么,当我今天站在这里,究竟是一种宿命,还是一种偶然?我的脚步声,就在这哗哗的水边,是停留,还是缱绻?

五

很多年过去了,我猛然间想起,时间就这样把我一个人静静地留在那或曲折,或平坦的路上,甚至没有过悲欢离合。那么,当我一个人坐在灯下,仔细打量自己的时候,不知道是一种幸运还是一种悲哀。于是便想,若干年后,当我老态龙钟地走在一条路上,究竟是一种什么样的风景?那个时候,一切的牵肠挂肚,会不会把自己置放成永远的尴尬？

  这些日子，把自己一个人关在房间中足不出户，只待晚上，才来到石头城散散步。一个人的脚步声，静静敲打在自己的心灵间，仿佛一种沉寂中的喃喃细语，那样一种体贴，悄悄弥漫开来，一时间有一丝说不出的味道。那么，该交付怎样的一份心境呢？这个时候，自己也说不清，究竟是怎样的原因，让自己总是缥缈成一颗漂泊的灵魂。

  此刻，斑驳的城墙突然在眼前变得沧桑起来，那些苍老的岁月，好像在这一刻纷纷飘落，如碎片一般凌乱。或许，我想捡起一片来，在手里仔细端详。只是，这个时候的我已经慵懒着身躯，一种说不出的胆怯正弥漫开来。我只想逃离，一如我心中永无止境的眷恋。

2018.12.06